紫式部と清少納言
二大女房大決戦

瀬川貴次

集英社文庫

目次

人物相関図

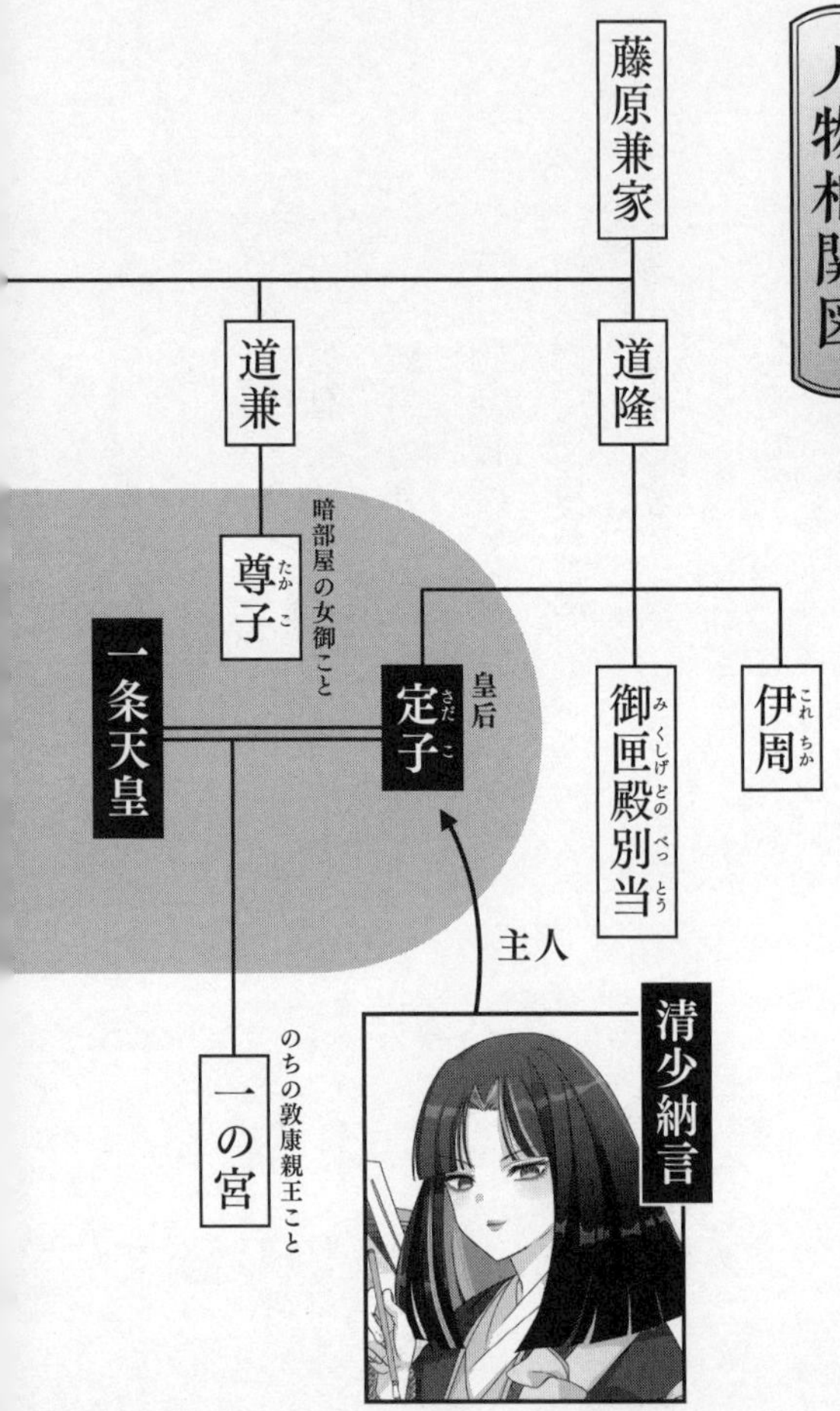
藤原兼家
道隆
道兼
伊周《これちか》
御《み》匣《くしげ》殿《どの》別《べっ》当《とう》
皇后
定子《さだこ》
暗部屋の女御こと
尊子《たかこ》
一条天皇
主人
清少納言
のちの敦康親王こと
一の宮

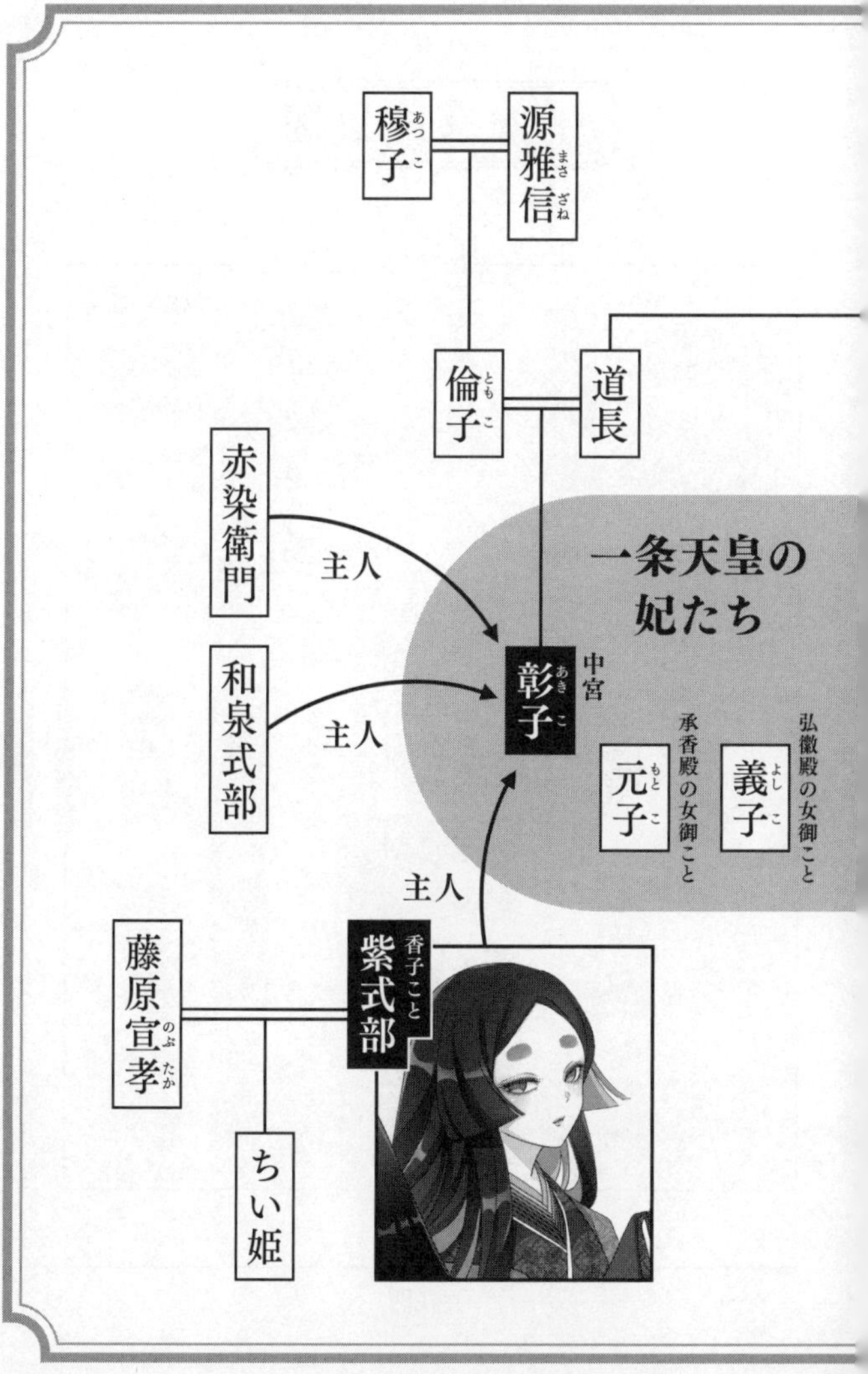

穆《あつ》子《こ》
源雅《まさ》信《ざね》
倫《とも》子《こ》
道長
赤染衛門
主人
一条天皇の妃たち
中宮
彰《あき》子《こ》
弘徽殿の女御こと
義《よし》子《こ》
承香殿の女御こと
元《もと》子《こ》
和泉式部
主人
主人
香子こと
紫式部
藤原宣《のぶ》孝《たか》
ちい姫

平安京内裏図

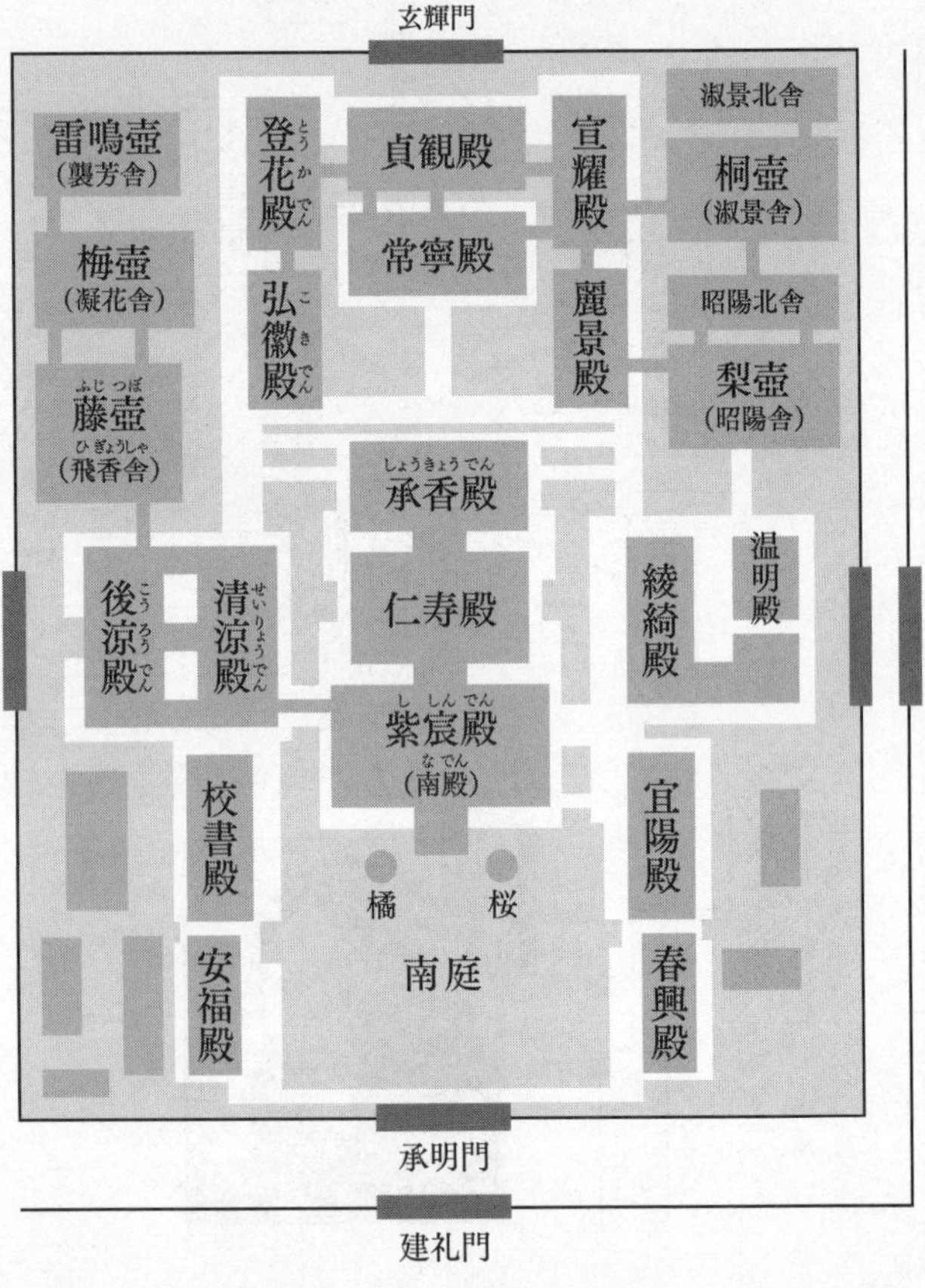
玄輝門
淑景北舎
雷鳴壺
（襲芳舎）
登花殿《とうかでん》
貞観殿
宣耀殿
桐壺
（淑景舎）
梅壺
（凝花舎）
常寧殿
弘徽殿《こきでん》
麗景殿
昭陽北舎
藤壺《ふじつぼ》
（飛香舎《ひぎょうしゃ》）
梨壺
（昭陽舎）
承香殿《しょうきょうでん》
温明殿
仁寿殿
綾綺殿
後涼殿《こうろうでん》
清涼殿《せいりょうでん》
紫宸殿《ししんでん》
（南殿《なでん》）
校書殿
宜陽殿
橘
桜
南庭
安福殿
春興殿
承明門
建礼門

紫式部《むらさきしきぶ》と清少納言《せいしょうなごん》

二大女房大決戦

一　宮仕えが始まる

帝《みかど》とその妃《きさき》たちが住まいし、政治の中心でもある平安の御所――

陽《ひ》が落ち、都の辻々《つじつじ》は濃い闇に包まれたうえに、ちらちらと雪まで降ってきた。一方、御所ではそこかしこで篝火《かがりび》が焚《た》かれ、軒にも数えきれないほどの釣燈籠《つりどうろう》が備え付けられて、まばゆいばかりの光を放っていた。

とはいえ、夜の闇を完全に払拭できたわけでもない。たとえば、花鳥風月が描かれた屛風《びょうぶ》の後ろに、御簾《みす》が垂らされた柱の陰に、冬の冷気をまとった黒より黒い濃密な闇がわだかまっている。

その若女房もそんな闇のひとつに、知らず知らずのうちに引き寄せられていたのかもしれない。女房装束の長い裳裾《もすそ》を後ろに引きながら、通路ともなる廂《ひさし》の間《ま》をひとり歩いていた彼女は、ふと足を止めて行く手に目をこらした。

日暮れとともに下ろされていたはずの蔀戸《しとみど》が、なぜか一枚だけ、上げられたままだったのだ。おかげで、凍えるような夜気とともに、細かな雪片が殿舎の中へ容赦なく舞いこんできている。

「なんてこと。いったい誰の怠慢かしら。一枚だけ下ろし忘れるなんて」

眉間に縦皺《たてじわ》を刻み、ぶつぶつと文句を言いながら蔀戸に近寄る。代わりに下ろしてやろうとのばした手を、彼女は途中でふと止めた。釣燈籠の光も届いていない庭の暗がりに、ほの白い人影を見かけたからだった。

「あら、そこにいるのはどなた？」

訊《き》いた直後に、なぜ人影のみが白く見えるのだろうかとの違和感に気づき、彼女はぞっと鳥肌を立てた。

その人物が紙燭《しそく》か何か、明かりを手にしているのなら、白っぽい装束がその輝きを反射するということもあり得よう。にしても、頭の先から装束の裾まで、全体が白く見えるのも奇妙だ。それに、女人《にょにん》のようだが、こんな小雪の舞う寒い夜に女がひとり、何をするでもなく、ただ庭にたたずんでいるのもおかしくはないか。

もしや、あれはこの世のものではないのやも……。

そんな疑念が頭に浮かんだと同時に、すっと白い影が消える。女房は思わず恐怖の悲鳴を放ち、その場にうずくまった。

夜陰に響いた悲鳴を聞きつけて、彼女の同僚たちが数人、衣《きぬ》ずれの音をさせながらただちに駆けつけてくる。

「どうしたのです。何事ですか」

最も年かさの古株女房、赤染衛門《あかぞめえもん》が凜《りん》とした口調で問う。その声にハッとわれに返り、悲鳴をあげた女房はなんとか気を取り直して訴えた。

「いま、いま、そこから見えた庭先に誰かがいて、白い人影で、しかもそれが突然に消えてしまって」

蔀戸のむこうを指さし、歯をかちかちと鳴らしながら、さらに付け加える。

「物《もの》の怪《け》ですわ、きっと、物の怪が現れたのですわ」

この時代、平安の御世《みよ》では物の怪が――死霊《しりよう》や生霊《いきりよう》を含めた、広い意味での妖怪変化《へんげ》が夜ごとに跋扈《ばつこ》し、ひとびとを苦しめていると考えられていた。だからこそ、貴族たちは日々の吉凶を陰陽師《おんみようじ》に占わせ、少しでも気にかかることがあれば、僧侶に加持祈禱《かじきとう》を頼んで災厄を退散せしめようと試みたのだ。

赤染衛門とともに現場に駆けつけた女房たちは、物の怪と聞いて、さっと顔色を変えた。

「も、物の怪が？」

「また出たのですか？」

第一発見者の女房は、せわしないほどの勢いで何度もうなずいた。

「ええ、確かに見ましたわ。真っ白い人影で、たおやかな女人のようで。あれはきっと……」

彼女が言いよどんだ先を、別の女房が引き継ぐ。

「亡き皇后さまの霊鬼……」

次の瞬間、赤染衛門が天から下された稲妻のごとくに鋭く叱咤《しった》した。

「お黙りなさい」

叱られた女房はひっと小さな声をあげ、広袖で自らの口を押さえた。追い打ちをかけるように赤染衛門が言う。

「そのような不埒《ふらち》なことを軽々しく口にするものではありません。それに、皇后さまが身罷《みまか》られたのは六年も前のこと。どうして、いまになって皇后さまの霊が現れましょう。理屈に合わないではありませんか」

齢《よわい》五十近くになろうという古株女房に語気鋭く言い返されては、若い女房たちになすすべはない。お許しください、わたしたちが浅薄でありましたと口々に謝りながら、頭を下げて縮こまる。物の怪に対する恐怖を、堂々たる上役女房への畏怖が力ずくで上塗りしていく。

畏縮する若女房たちを見廻《みまわ》し、赤染衛門は大きくため息をついた。

「頭の痛いこと。こんなときに藤式部《とうしきぶ》がいてくれたら、わたしも少しは楽になるでしょうに……」

「藤式部をお呼びですか？　ならば、すぐにも……」

女房のひとりが気を利かせて申し出る。しかし、赤染衛門は苦笑し、首を横に振った。

「いいえ、その藤式部ではないのです。もうすぐここに来る手はずの新しい女房が藤原《ふじわら》姓で、昔から式部と呼ばれていたので、つい。……そうね、同じ名前の女房がすでにいるのだから、新参の彼女には別の呼び名を考えなくてはね」

赤染衛門は軒から下がった釣燈籠の綺羅綺羅《きらきら》しい明かりを見上げてつぶやいた。

「藤式部、藤原　香子《ふじわらのかおりこ》……。あの『源氏《げんじ》物語』の作者の新たな呼び名を……」


燈台の油皿の上で、芯の先に点《とも》された細い火が、頼りなげにゆらゆらと揺れている。そのはかなげな明かりを頼りに、香子はおのれの荷の整理を続けていた。

「またですか？　その荷は先ほどご覧になったではありませんか」

香子に長く仕えている、家の女房が不満そうにつぶやく。もう眠いのだろう、目をしょぼしょぼとさせて、あくびを懸命にこらえているのも伝わってくる。

彼女がそう言うのも無理はなかった。これで何度目になるのか、女房たちに手伝わせ、荷作りはほぼほぼ終えていたというのに、どうしても気になるからと、また荷をほどき始めたのだから。

「いいわよ、先に寝ても。ちい姫や乳母《めのと》はもうとっくに休んでいるのだから、あなたも下がりなさい」

「……申し訳ございません。では、そうさせていただきます。今宵《こよい》は冷えますから、御《お》方《かた》さまも早くお休みになってくださいましね」

頭を下げ、女房は袿《うちき》の裾を引いてあくびを噛《か》み殺しながら退室していく。

部屋にひとり残された香子は、ほうとため息をついた。その息で、燈台の火が大きく揺れる。命がないはずの灯火まで、香子の無意味な夜ふかしを諫《いさ》めているかのようだった。

明日は朝早くに出立せねばならないのだから、いいかげん、この火を吹き消して横にならないと。

そうは思えど、止められるものではない。あれは必要かしら、これも持っていったほうがいいのかしらと、どうにも踏ん切りがつかない。いっそ全部を抱えていきたいけれど、荷物が異様に多くなりすぎるのもいかがなものかとためらい、一度は詰めた荷を再びほどいて思案をくり返すの堂々めぐりだ。

そこまで念入りに準備をするのは、明日からの勤めに彼女が並々ならぬ決意をこめているからであった。

この日《ひ》の本《もと》の中心。帝とその妃たちがおわす御所に女房として——否、妃の中でも最も高位となる中宮彰子《ちゅうぐうあきこ》の教育係として招かれたのである。

一介の女房として御所にあがる。それだけでも緊張するというのに、課された務めのなんと重いことか。

そんな大役、ただの寡婦であるわたくしにはとても務まりません。どうか、別のかたをお探しくださいと、香子も再三、断った。けれども、彰子の実父、ときの権力者たる左大臣の藤原道長《みちなが》は、その訴えに耳をまったく貸さなかった。

「多くの読み手を魅了した『源氏物語』。その作者たるあなたにこそ、中宮さまへの御進講を頼みたいのだよ、藤式部。それに、小さな娘御を抱えた身で御夫君と死別し、何かと苦労しているあなたには悪い話ではないと思うけれどね」

そんな文《ふみ》が幾度も届いたのだ。

こちらの自尊心と弱みとを同等にくすぐられて、恥ずかしいやら腹立たしくなるやら。三十もなかばを過ぎて、華やかな御所で帝のお妃にお仕えするなどと、想像するだけでも気後れがして仕方がないというのに――

はあっ、と何度目になるかわからないため息をついた香子は、柱と御簾の間から小さな顔が覗《のぞ》いているのに気づき、あらと声をあげた。これが見知らぬ童《わらわ》だったなら怪奇譚《かいきたん》の始まりだろうが、さにあらず。相手は香子の産んだ、もうすぐ八歳になる娘だった。

「まあ、どうしましたか、ちい姫」

たったひとりのわが子を、香子はちい姫と呼んでいた。夫との二年の短い結婚生活で得られた大切な宝物、大事な大事な姫君であったからだ。

小さな愛娘《まなむすめ》は、肩の上で扇のように広がる黒髪を揺らして母親に駆け寄り、ぎゅっと抱きついてきた。

「お母さま、お母さま」

心細そうにくり返しながら、香子の胸にぐいぐいと頭を押しつけてくる。その連呼が途中から、もっと幼い子が言うような「おかあ……ちゃま」に変わる。

「あらあら、まるで赤子に返ったかのようだわね」

明日からしばし母親が家を離れるため、寂しがっているのだ。香子はくすくすと笑いながら娘の髪を優しくなで、その感触をいとおしむ。

香子とて、わが子と離れたくはなかった。が、寂しがる子をまのあたりにして逆に、わたしがしっかりしなくてはという気持ちのほうが強くなっていく。

贅沢《ぜいたく》が言える境遇ではなかった。

香子の父親は中流貴族で、母親は早くに病没。同腹の男きょうだいは弟ひとりきりで、まだ大した地位には就いていない。そして、親子ほどの年齢差があった夫とは、六年前に死別している。

以前、父の主君が政権から退いた際、そのあおりを食って父もずっと長いこと失職していた。その時期に比べれば、いくらかましになったとはいえ、まだ安心できるほどでもない。そこに宮仕えの話が降ってわいてきたのだ。いくら気が進まないといっても、これを断る手はない。

「大丈夫よ、大丈夫。遠い西国に旅立つわけではありませんもの。同じ都のうちにいるのですからね。何事かあらば、母はすぐにちい姫のもとに飛んで帰ってきますとも」

「本当に？」

そううまくいくとは限るまいに、「本当ですとも」と香子は自信たっぷりに告げた。おさな子は涙に濡《ぬ》れた目でじっと母をみつめ、にこっと無邪気に微笑《ほほえ》んだ。嘘《うそ》をついたことで香子の胸は痛んだが、他にどうしようもない。

少し落ち着いてきた娘は、涙とは違う輝きを瞳に宿して母に尋ねた。

「お母さまは御所で主上《おかみ》やお妃さまにお逢《あ》いするのよね？」

「そうね、中宮さまにお仕えすることになれば、主上のお姿をお見かけする機会もあるかもしれませんね」

「主上はどんなおかた？」

「もちろん、素敵なかたよ。七歳のみぎりで即位された主上も、もうすぐ二十八。民草《たみくさ》のことを常に考えてくださる、聡明《そうめい》で心優しい、まさに理想の天子さまだそうですよ」

この話はすでに何度かしていた。ちい姫のほうもそうとわかったうえで、ただ母の声を聞いていたいがために問いかけているのだろう。香子はそんな娘の気持ちをくみ、静かに言の葉を重ねていった。

「そして、中宮さまはもうすぐ二十歳。まさに花の盛りのお年頃で、まるで男びな女《め》びなのような、お似合いのおふたりに間違いありませんとも」

「男びなさまに女びなさま……」

ひいな遊びに用いる雛《ひな》人形を思い浮かべ、ちい姫は紅葉《もみじ》のような可憐《かれん》な手で両頬を押さえ、ふふふと笑った。香子もいっしょになって、うふふと笑う。

つんつんと指先でつついた娘の頬はふっくらと柔らかく、この子のためにもしっかりしなくてはと、香子は改めて感じ入ったのだった。


翌朝、ちい姫が目を醒《さ》ます前にと、香子は大量の荷物とともに早々と御所に向かった。

身にまとうものは正式な女房装束。幾枚と重ねた袿の上に、さらに腰丈の唐衣《からぎぬ》を重ね、後ろに長く引いた裳も着用と、孔雀《くじゃく》のように華やかになったのはいいが、とにかく窮屈で息が詰まる。若くもない自分がこのように着飾って、滑稽ではないかと危ぶむものの、身分の高いかたと対面するのだから飾らないわけにもいかない。

(いいのよ、いいのよ。何事も最初が肝心なのよ。たぶん……)

と、香子はお題目のように自分に言い聞かせた。

まずは多くの官庁が建ち並ぶ大内裏《だいだいり》を抜けて、その中核たる内裏へと進む。青く晴れた空の下、内裏の正殿たる紫宸殿《ししんでん》の檜皮葺《ひわだぶき》の屋根が見えてくる。その北西に位置するのは、帝の住まう清涼殿《せいりょうでん》だ。衣冠束帯の貴族たち、背すじをしゃんとのばした女官たち、警固を務める武士などがいそがしく行き交う姿も垣間《かいま》見《み》える。

扇で顔を隠した、そのわずかな隙間からうかがうだけでも、御所のたたずまいには圧倒された。覚悟をして出てきたはずなのに、こんな晴れがましい場所でわたしは本当にやっていけるのかしらと、気持ちがくじけそうになる。が、幸い、内心のそのおびえは外にはまったく洩《も》れていなかった。

香子は後宮《こうきゅう》内の殿舎のひとつ、飛香舎《ひぎょうしゃ》——別名、藤壺《ふじつぼ》へと通された。清涼殿にも近いこの殿舎が、今日から香子が仕える中宮彰子の御在所だった。

妃の呼称のひとつである中宮は、平安期においては皇后とほぼ同格。今上帝《きんじょうてい》の皇后定子《さだこ》は六年前に逝去しており、よって彰子は間違いなく帝の一の妃であった。

「中宮さまへのお目通りの前にこちらへ」

そう言われて案内された一室では、数人の女房たちにかしずかれた、四十歳ほどの典雅な貴婦人が脇息《きょうそく》にもたれかかって香子を待っていた。

上流貴族の品格をまとい、表が白、裏に紅梅色《こうばいいろ》を重ねた装束に身を包んだ彼女は、さながら雪を戴《いただ》く紅梅の花のようだ。

優しい声で彼女は言う。

「懐かしいわね、式部。わたくしをおぼえていて？」

その瞬間、香子の中で一気に時間が遡った。

いまは昔、二十年ほど前のこと。香子はまだ何も知らない、十六歳の少女だった。

その頃、父が職を失ったのをきっかけに、香子は当時の左大臣であった源雅信《みなもとのまさざね》の娘、倫子《ともこ》のもとに女房勤めにあがったのである。

倫子は当時、二十四歳。大臣家の姫君として、当然、帝のもとへの輿入《こしい》れ——いわゆる入内《じゅだい》が望まれていたのだが、当時の帝はわずか八歳。どうにも歳《とし》まわりが合わず、いささか婚期を逃し気味であったところに、二十二歳の道長が求婚してきて結婚。ふたりの間に生まれたのが、今回、香子が仕えることとなった中宮彰子なのであった。

倫子も、もう四十なかば。それでも、品のいい顔立ちに変化はほとんど見受けられない。いまでも深窓の姫君そのままの美しさ、若々しさだ。

「姫さま、お懐かしい……」

つい、十六歳当時の気持ちに戻って、香子は倫子を姫さまと呼んだ。すぐにハッとわれに返り、「申し訳ありません！」と叫ぶように言って平伏する。しかし、倫子は咎《とが》めるどころか目を細め、ほがらかに笑った。

「わたくしも懐かしくてよ。まさか、衛門だけでなく、あなたまでわたくしの娘の女房になってくれるなんてね」

　倫子のまなざしが、傍らに控える五十近い女房に向けられた。毅然《きぜん》と胸を張っているその女房は赤染衛門――姓が赤染、父親の官位が右衛門尉《うえもんのじょう》だったことにちなんでの女《にょう》房名《ぼうな》――だった。

　二十年前、若女房たちに睨《にら》みを利かせる怖い古参として倫子のもとにいた衛門は、いま、娘の彰子に仕えている。香子は再び、衛門を先達として仰ぐこととなったのだ。

　こちらも昔とほとんど変わっておられないと、香子は感慨にひたりながら衛門をみつめる。

（でも、少し白髪が増えておいでかしら……）

　とは感じたものの、もちろん、そんなことはおくびにも出さない。

「お久しぶりです、衛門さま」

　先達に敬意を表して深く頭を下げると、衛門のほうもにこりと微笑み返してくれた。

「本当にね、式部」

　倫子のもとで女房勤めをしていた頃、香子は藤式部と呼ばれていた。藤原姓であったこと、失職前の父の官職が式部丞《しきぶのじょう》であったことにちなんでいる。

　かつての女房名で呼ばれ、宮仕えがいよいよ始まるのだと香子は改めて実感できた。

それは気後れと同時に、彼女の心をわくわくと浮き立たせた。

世にただひとりの帝を中心に、その寵《ちょう》を得んと願って、数多《あまた》さぶらう妃たち。上流貴族の貴公子たちは政治の駆け引きに明け暮れつつ、一方で恋の駆け引きも忘れない。色鮮やかな薄様《うすよう》の紙に香を焚きしめ、これぞと思った相手に恋文を送る。夜ともなれば、恋人のもとにそっと通う沓音《くつおと》が聞こえてくる——

そんな雅《みやび》やかな遣《や》り取《と》りを、間近で目撃できるかもしれないのだ。

そう考えると、どうしてあんなに宮仕えを渋っていたのかと自分でも不思議になってくる。やはり、あれこれ案じるよりも、とにかく飛びこんでみたほうが道は自然に拓《ひら》けてくるようだ。その道が果たしてどこに続いているかは、それこそ進んでみないことには知りようがない。

果たして、鬼が出るか蛇が出るか。それとも、理想の貴公子や、天女のごとき美しい姫君がさんざめく、きらびやかな世界を垣間見せてくれるのか。

「衛門さま、長らく家に籠もっておりましたもので、女房としての嗜《たしな》みをすっかり忘れてしまっております。どうぞ、この式部をよろしく御指導くださいますように」

衛門に向けた言葉はまぎれもない本音だった。わからないこと、手に負えないことがあらば、この頼もしい古参に助言を求めればいい。最終的にそう思えたからこそ、出仕を承諾したと言っても過言ではなかった。

「何を言いますの、式部。あなたに指導など、とんでもない。わたくしも読みましたわよ、光源氏《ひかるげんじ》の物語を」

衛門にいたずらっぽい口調で言われ、香子の頰にさっと赤みが差した。衛門はその反応を見て、余計に嬉《うれ》しそうに続ける。

「帝の皇子《みこ》として生まれた完璧なる貴公子。誰が言うともなく、輝く光る君と呼ばれるようになった彼《か》のひとの、華々しい恋の数々――真面目《まじめ》で引っ込み思案だったあなたが、あのような恋物語を書きつづるようになるとはね」

「衛門さま、どうか、その……」

もじもじと縮こまりながら、香子は衛門に言った。

「あれは深い考えもなく、古《いにしえ》の物語を自分の好みのままに膨らませて書きつづったまででありまして……」

「そんなに謙遜しなくても。昔の物語に似た部分がないとは言わないけれど、とにかく光源氏の設定が素晴らしいですからね。帝の皇子として生まれながら、臣籍に下らざるを得なかった美貌の貴公子。そのあまりの麗しさに、誰もが彼を愛さずにはいられない。けれども、光る君がひたむきに恋い焦がれるのは、父君の妃である義理の母御、藤壺の宮で。これは誰にも知られてはならない、許されざる恋――この設定だけでも畏れ多くて胸がどきどきしてくるわ」

「え、衛門さま……」

ますます恥じ入る香子の耳朶《じだ》を、倫子のほがらかな笑い声が打つ。

「衛門、そんなに式部をいじめては駄目よ」

「これは失礼いたしました」

衛門は慎《つつ》ましやかに頭を下げたが、

「わたしこそがそれを言いたかったのに」

倫子はそう明かすや、ずいっと前に身を乗り出してきた。

「本当に驚きましたよ。あのかわいらしい式部が、類《たぐ》い稀《まれ》なる貴公子の多彩な恋愛遍歴を書きつづっていただなんて。あれはいったい、どこからどこまでが本当のお話なの？　あなたの体験が盛りこまれていたりするの？　違っていたらごめんなさいね。ひょっとして、源氏の君が御執心された空蟬《うつせみ》との馴《な》れそめあたりが、それだったりはしないかしら？」

光源氏は方違《かたたが》え（不吉な方角を避けるため、いったん別の方角に寄ってから目的地に向かう風習）のために泊まった紀伊守《きいのかみ》の邸《やしき》で、守の父・伊予介《いよのすけ》の後妻・空蟬の話を聞き、彼女に興味をいだく。さらにその夜、宿泊した部屋の襖《ふすま》障子越しに空蟬とその幼い弟の会話を盗み聞き、存外に近くに寝ているのだなと知ってしまう。

みなが寝静まった頃、試しに襖を引いてみると施錠もされていない。難なく空蟬の褥《しとね》にたどり着いた源氏は、「ひと知れずお慕いしておりました」などとかき口説き、あまりのことに気が動転している彼女と強引に契りを結ぶ。

あれを自身の体験談だと誤解されては、たまらない。香子はかつてない羞恥にぞぞぞと震えあがり、勢い余って鶴のようにまっすぐに背すじをのばした。

「そんな、とんでもない」

顎がこわばって、弁解の言葉もかくかくかくかくと揺れる。なんて聞き苦しいとは思ったが、それでも言わずにはいられない。

「あ、あり得ませんわ。自らの閨房《けいぼう》の体験を書きつづって他人に読ませるなどと、そのような破廉恥な真似《まね》、できようはずがないではありませんか。あれはすべて、わたくしが想像した架空の出来事でありますれば」

「あら、そうなの？　だって、空蝉のくだりはずいぶんと描写が生々しいのですもの。これは式部の実体験に違いないと衛門が言うものだから、わたしはてっきり」

「衛門さま！」

衛門はあさっての方角を向き、知らん顔を決めこんでいる。他の若女房たちは下を向いたり、広袖で顔を隠すなどして、必死に笑いをこらえている。

それでも耐えきれなかった誰かが、鈴を振るような笑い声をたてた。その声は、倫子の後ろに立てた几帳《きちょう》のむこう側から聞こえていた。

倫子は檜扇《ひおうぎ》を揺らし、苦笑しつつ後方を振り返った。

「いけませんわ、中宮さま。そこにおいでなことが式部に悟られてしまいましてよ」

倫子の発言に、香子はぎょっとして几帳を凝視した。

美麗な几帳の薄い帷子《かたびら》をそっと押して現れたのは、まさしく天女のごとき美しい姫君だった。

表が蘇芳色《すおういろ》（紫がかった赤）、裏が紅《くれない》の椿《つばき》の小袿が、彼女にさらなる気品を添えている。あえて紹介されずとも、彼女が誰なのかは香子にもひと目でわかった。

今上帝の一の妃、藤原道長と倫子の間に生まれた長女、中宮彰子だ。

穏やかな笑みをたたえた口もとは、母の倫子譲り。意志の強さと利発さをうかがわせる、くっきりとした目もとは――

（道長さまに似ておられる）

有力氏族、藤原の氏 長者《うじのちょうじゃ》にして現職の左大臣、藤原道長。

その道長の在りし日の姿を、香子は目の前の若い妃に感じ取って胸が熱くなった。

二十年前の道長は、五位《ごい》相当の左近衛少 将《さこのえのしょうしょう》。ときの権力者、藤原兼家《かねいえ》の子息で五男坊。父の後継は、道長よりも十三歳年長の長男・道隆《みちたか》とすでに決まったも同然だった。

上流貴族の家に兄弟が多い場合、兄たちに上位の官職を独占されて、下の弟にまではお鉢がまわってこず、結果的に弟が割りを食う羽目になることがしばしば見られた。五男坊の道長もそうなる可能性は大いにあり、左大臣家の姫君である倫子とは、いささか不釣り合いな相手であった。

そのため、倫子と道長が相思相愛だと露見した際、倫子の父の雅信は、

「あそこの五男坊と？」

と驚愕《きょうがく》したし、道長の父の兼家でさえも、

「うちの五男坊と？」

と大いに動揺した。

困惑する父親たちを前に、堂々と采配をふるったのは、倫子の母・穆子《あつこ》であった。

「あそこの五男坊は、いずれひとかどの人物となります」

何を根拠にか、そう断言したのだ。

「いま無理をして、八歳の帝のもとに二十四歳の姫を入内させたところで、うまくいくはずがないのはおわかりでしょうに。やがては歳まわりの近い別の妃に御寵愛が移るは必定。それよりも、二十二歳の五男の君のほうが、姫をきっと大事にしてくださいますとも。というか、してもらわなくては困ります。格上の妻を迎えたことを励みとし、兄君たちの官位を飛び越えるぐらいの気概を示してもらわねば」

結果、穆子の予言通りになった。

都に疫病が流行《はや》った際、道長の兄たちは次々に病死し、代わって五男坊の道長が藤原

一族の頂点に立ったのである。そのため、七十過ぎの姑《しゅうとめ》・穆子に対し、道長はいままでも頭が上がらないという。

（そして結ばれた、おふたりの御子が中宮さまに。もしかしたら倫子さまが入内されていたかもしれない今上帝の後宮に、御子の彰子さまが一の妃としてお住まいになるなんて、つくづく不思議な巡り合わせだこと……）

かつて女房として、道長と倫子の取り次ぎを行っていた香子は、さだめの糸が紡ぎ出す織り模様の霊妙さをしみじみと感じた。こうして倫子と彰子、二代続けて仕えるようになったのも、あの頃からすでに定められていたのかもとさえ思えてくる。

久しぶりに対面した香子と倫子たちとの間に話題の種は尽きなかった。交わされるにぎやかな会話に、彰子は他の女房たちといっしょに楽しそうに耳を傾けている。中宮としてではなく、母とその古い知人たちの語らいを純粋に面白がっている様子だった。

どちらかというと物静かな、おっとりとしたかたなのかしらねと、香子は秘《ひそ》かに思った。だとしたら、物怖《ものお》じしない陽気な倫子とはまた違った気質であるようだ。

（かといって、お父上とも違うわよね……）

記憶の中の道長を呼び起こしかけたところに、取り次ぎの女房が簀子縁《すのこえん》を急ぎ渡ってきた。

「失礼いたします。大臣《おとど》がただいま、こちらへおいでなさいました」

左大臣道長が来ると聞いて、座に連なる女房たちがいっせいに居住まいを正した。倫子と彰子の親子は互いに視線を交わして、ふふふと微笑み合う。

「存外に早い御登場だこと。懐かしい顔が見たくて、急いで公務を終わらせたのかしらね」

倫子の言に、とんでもないと香子は震えあがった。道長に久方ぶりに対面できるのは嬉しいが、かつての少将は、いまや左大臣。身分がまったく違ってしまっている。香子自身も十六歳ではなく、三十代なかばの寡婦。どのような顔をしていいものか、咄嗟《とっさ》に思いつかない。

そうしている間にも、しゅっ、しゅっ、と衣ずれの音が近づいてくる。

「おや、中宮さまもこちらにおいででしたか」

そう言いながら現れた道長は、垂纓《すいえい》の冠に黒い袍《ほう》を身につけ、朝廷の重鎮・左大臣としての風格を漂わせていた。それでいて、香子が初めて彼と出逢った当時の青年貴族の面影もしっかりと遺《のこ》していたのだ。

（道長さま……）

出仕すれば、道長と対面する機会が必ず来る。そうは思っていたが、まさかこれほど早くそのときが来るとは、香子も予想していなかった。心の準備が間に合わず、まともに彼を見ることができない。

道長はまず、彰子に丁重に挨拶をした。自分の娘とはいえ、いまは帝の妃、彼女に敬意を表するのは当然のことだった。それから、道長は初めて香子に気づいたかのように振り返った。

「藤式部か」

はい、と応える香子の声が震える。と同時に、居並ぶ女房たちのひとりが、なぜかびくりと反応した。

おやっと訝《いぶか》しむ香子に、倫子がそのわけを説明する。

「あちらの女房も藤式部と呼ばれているのですよ。よくある呼び名だから仕方がないわね」

なるほどと納得していると、道長がなぜか嬉しそうに言った。

「では、こちらの式部に新しい呼び名を早急に考えてやらなくてはならないな」

「新しい呼び名、ですか……」

おそらく、父が国司として赴任した越前《えちぜん》の国名で呼ばれるのでしょうねと予想する香子に、道長は待っていたとばかりに告げた。

「どうだろう、例の源氏の物語にちなんだ名をつけては」

「えっ」

「何がいいかな。空蟬……蟬式部はあんまりかな」

「せ、蟬ですか？」

思わず声を裏返した。香子以外の全員が笑い出した。香子はあわてて口を広袖で押さえ、顔を真っ赤にする。

光源氏の物語を彼女が書き始めたのは、夫に先立たれてしばらく経《た》った頃だった。

たった二年あまりの結婚生活ののちに、早々と旅立ってしまった夫。親子ほどの年の差がある彼は、そもそもは父の同輩で、すでに複数の妻と子がいる身だった。二十代の後半で、当時としては婚期を逃した感のあった香子を、気の毒に思っての結婚だということは否定できない。

それでも、恋歌を送ってくれたりと、きちんと恋愛の手順を踏んでくれた。喧嘩《けんか》もした。仲直りもした。子供も授かった。だからこそ、彼に先立たれてからは何もかも手につかなくなった。

このままではいけない。娘のためにも、しっかりしないと。そう思い、自分自身を立て直すため、生き続けるために、底知れぬ暗闇を手探りで這《は》いずるようにして始めたのが、物語の執筆だった。

それまで、ただ漠然と頭の中で思い描いていた、理想の貴公子の物語。それを文章で描き出し、形にする。

わが身の一部を引きはがすのにも似たその作業は、喪失ではなく再生のための通過儀礼のように香子には感じられた。

誰かに見せるつもりなど毛頭なかった。なのに、書きあげたものを文机《ふづくえ》の上に置いていたところ、家の女房に勝手に見られたのだ。怒ろうとしたのに、それより早く「この貴公子は、女人たちはどうなりますの」と前のめり気味に問われ、怒れなくなった。

「続きを読ませてくださいませ」と乞われて、断り切れなくなった。

戸惑いながら書くうちに読み手が増え、物語は筆写されて周囲に広まり、いつの間にやら『源氏物語』としてひとり歩きをし始めたのだ。こうして宮仕えの誘いが来たのも、『源氏物語』が話題となったのが理由のひとつとしてあげられるだろう。

なのだから、作者としていじられるのは仕方がない。仕方がないとはいえ――

「もうどうか、お許しくださいませ」

香子の訴えに悪かった悪かったと謝りつつも、道長はずっと明るく笑っていた。そこにいるのは近寄りがたい朝廷の要人ではなく、まるで無邪気な少年のようであった。

道長は早々に退室していき、再び女ばかりとなって、またひとしきり昔話が続いた。

陽が沈み、さすがに語らいはお開きとなって、香子は彼女のために用意された小部屋――ひとり用の局《つぼね》に通された。

「どうかしら。狭くはありますけれど、たまたま隣の局は空いていますし、あちらを書籍の置き場にしてもよいと中宮さまからお許しは出ていますよ」

案内役を買って出た赤染衛門にそう言われ、予想していた以上の好待遇に香子はかえって恐縮してしまった。

「わたくしごときに、そこまでしていただいて本当によろしいのでしょうか」

「何を言うのですか。あなたに望まれているものはただの宮仕えだけではないのですよ」

「はい。中宮さまの進講役——漢籍などをお教えするようにと申しつかっておりますが」

香子の父、藤原為時《ためとき》は文人として知られており、彼女自身も父から漢籍の講義を受けてきていた。ものおぼえがよく、女にしておくのが惜しいと父に嘆かれたのは、香子にとっても誇りとなる出来事だ。

「漢籍ね。それもそうですけれど……」

と、衛門は企《たくら》みのある顔をして言いよどむ。

「この先は、わたくしではないかたに話していただいたほうがいいでしょう。お呼びしてきますから、少し待っていてくださいね」

衛門はそう告げて、さっさと局から出ていく。いったい、何を聞かされるのかしらと香子が不安になりつつ待っていると、やがて衛門が道長を伴って戻ってきた。

まさか、衛門が人目を避けるようにして道長を連れてくるとは思わず、香子はすっかりうろたえてしまった。道長と衛門は、香子を驚かせることに成功して、いたずらっ子のように喜んでいる。

「大臣、まあ、どうして」

「悪いね、式部。実はね、あなたにこっそり頼みたいことがあるのだよ」

唐突に現れ、唐突に話を切り出す道長を前に、香子は目を丸くした。同時に、笑いを含んだ若々しい青年の声が、胸苦しいほどあざやかに記憶に甦《よみがえ》る。

『姫君付きの女房だね。実は、あなたにこっそり頼みたいことがあるのだよ』

道長と初めて出逢ったとき、まぶしい笑みとともに彼から投げかけられた言葉だった。

――倫子のもとで新参女房として仕え始めたあの頃、香子はひたすら姫君のお世話に没入していた。

といっても、掃除などの雑事は別の雑仕女《ぞうしめ》の仕事だ。香子のような中流貴族の子女たちは、姫君の着替えの手伝いをしたり、話し相手としてそばに侍《はべ》り、囲碁の対戦役などを務める。来客の対応も仕事のうちとなっている。

もっとも、未婚の姫君にそう簡単に外の人間を近づけるわけにはいかない。そもそも、貴族の女性は家族以外の異性に気安く姿を見せないのが、この時代の習わしだった。

とはいえ、そういった深窓の姫君に好奇心を刺激され、熱心に恋文を送る殿方は当然いる。そんな求愛者に女房が懐柔され、彼を姫の寝所に手引きしたために、何も知らずにいた姫は思わぬ相手と結ばれて――といった話もよく聞く。

倫子姫の場合、赤染衛門をはじめとする古参の女房たちが油断なく目を光らせ、姫をしっかりと守っていた。香子も衛門から「あなたがたも文の取り次ぎを軽々しく引き受けてはなりませんよ。きりがありませんからね」と、うるさいくらいに言われてきたのだ。

であるから、突然、現れた見知らぬ貴公子の頼みなど聞けるはずがなかった。

しかし、道長は幾度も現れ、倫子への文を託してくる。その熱意に負け、仕方なく文の取り次ぎをしているうちに、いつしか道長と倫子は相思相愛となったのだった――

そんな昔を思い出し、懐かしい心地にはなったが、今回、持ちかけられたのは文の取り次ぎなどではあるまい。

「こっそり、とは」

「それほど警戒せずとも。すわって話をさせてもらってもいいかな？」

「こんな狭い局では……」

香子は断ろうとしたが、衛門がさっさと円座《わろうだ》を敷き、道長も当然のような顔をしてそこに腰を下ろした。こうなると力ずくで追い出すわけにはいかない。何を頼まれるかは見当もつかないが、聞くだけ聞いて辞退する手もある、もう十六の小娘ではないのだからと、香子は自分に言い聞かせ、落ち着こうと努めた。

燈台の火がじじじと微《かす》かな音をたてて揺れる。それ以外、不思議なくらい物音は聞えてこない。

ここにいるのは三人だけ。隣の局は空いているし、盗み聞きする者もいない。だから、心配しなくても大丈夫よと、誰かにそそのかされているような気さえしてくる。こういうときこそ用心しなくてはと、香子はさらに緊張を高める。

さて……と低い声でささやき、道長は話を切り出した。

「『源氏物語』のことなのだけれどね。源氏の君の新たな恋物語をみなが首を長くして待っているというのに、ここのところ、いっこうに新作が出まわってこないのだけれども、続きはどうなっているのかな?」

えっ、と言ったきり、香子はしばし絶句した。

もっととんでもないことを求められるのかと身構えていたのに、物語の続きの催促とは。

戸惑いと恥ずかしさと嬉しさと、その他、形容できない感情で頭をごちゃ混ぜにしながら、香子はなんとか言葉をひねり出した。

「続き、と申されましても……。わたくしには小さな子もおりますし、日々のあれやこれやに時間はあっという間に流れてしまい、ゆっくりと文机に向かう暇《いとま》もありませんでしたので……」

「では、書くつもりはあるのだね？」

「どうでしょう。正直なところ、記すべき話の種も尽きてしま……」

「そんなはずはない」

物語を書いた経験もない道長が、なぜかきっぱりと断言した。傍らに座した衛門も、無言ながら道長に同意するように深くうなずく。

道長は左大臣で、衛門は先輩女房。自分よりも上の立場にあるふたりから圧をかけられ、香子は二の句が継げなくなった。その間に、道長が彼の意見を滔々《とうとう》と語り出す。

「わかっているとは思うが、多くのひとびとが、いまかいまかと続きを待っているのだよ。それはそうだとも、光る君の恋物語はまだまだ終わりそうにないのだからね。この先、光る君はどうなっていくのか。人妻ゆえに身をひいた空蟬、物の怪に命を奪われた夕顔《ゆうがお》、惹《ひ》かれる要素がどこにもないのに見捨てられない赤鼻の末摘花《すえつむはな》と来て、さて次なる恋のお相手は？　光る君に引き取られた幼い若紫《わかむらさき》の行く末やいかに？　いやいや、その前に朧月夜《おぼろづきよ》だな。何しろ、彼女は光る君を憎んでやまない、あの弘徽殿《こきでん》の女御《にょうご》の妹なのだからね。この恋はきっと波乱を呼ぶだろうとも」

物語に登場する女君《おんなぎみ》の名が、次々とあげられていく。本当に読んでくださっているのだわと知ることができて、香子はすっかり驚いていた。

道長に「あの」呼ばわりされた弘徽殿の女御は、光源氏の父、桐壺帝《きりつぼてい》の妃。源氏の母、桐壺《きりつぼ》の更衣《こうい》に夫の愛を奪われて、更衣を大層憎んでいた。更衣が病没後も、彼女の忘れ形見の光源氏をずっと目の敵《かたき》にする、物語中いちばんの悪役だ。

そんな女御の妹と源氏が関係を持ったところで、現在、『源氏物語』は中断しているのである。

「このことを女御が知ったら——と、誰しもがわくわくしながら待っているのに、そこでぱたりと続きが出なくなってしまったのだからね。なんと罪深いことか。記すべき話の種が尽きたなどと、とてもではないが信じられないね」

「そう言われましても……」

香子は言葉を選びつつ反撃を試みた。

「構想はないわけではないのですが」

「だったら」

「ですが、それを文章として書き表すのがなかなか難しく……。それに、いつまでも物語に逃げこんではいられない、母親として遺された子のためにもしっかりしなくてはと思うに至りまして」

「そう。物語には、ひとの哀《かな》しみや苦しみを忘れさせる効用がある。書く側だけでなく、読む側にとってもね」

「だから、必要なのですよ」

と、横から衛門が口を挟む。彼女と道長は共犯者めいた視線を交わし合った。

香子はますます落ち着かなくなった。

このふたりは、単に物語の続きを乞うているのではない。何かを企んでいる。そう思えてならなかった。

そのことを倫子さまや中宮さまはご存じなのだろうかと考え……、もしかして全員が示し合わせているのかもと疑う。一度、疑い始めると、猜疑心《さいぎしん》はますます深まっていく。罠《わな》にはめられた気がした。御所での宮仕えを名誉なことと捉え、実は少々浮かれてもいたのだが、そんな自分が浅はかに感じられてくるし、こんな気持ちにさせてくれた道長が恨めしくもなる。

迂闊《うかつ》なことは言えないと黙りこむ香子を前に、道長が諭すように言い始めた。

「あなたも知っていようが、あえて言わせておくれ。中宮さまが数えの十二歳で入内されたとき、後宮にはすでに幾人もの妃がおわしました。しかし、主上のお気持ちは皇后定子さま、ただおひとりに向けられていた」

皇后定子。彼女は道長の兄・道隆の娘で、入内当時は十五歳。帝は十一歳だった。

あの頃、道隆を祖とする中関白家《なかのかんぱくけ》は隆盛を誇っていた。娘の定子はまずは女御として入内してから、中宮となり、息子の伊周《これちか》も父の意向で十代にして急速に昇進していく。

帝にとって四つ年上の定子は、添い臥《そぶ》しの姫――元服の際に添い寝役を務め、そのまま妻となる特別な相手だった。いわば、初めての女《ひと》。ひとかたならぬ思い入れがそこに生じるのも不思議ではない。

賢く明るい気質の定子のもとには、優秀な女房たちが多く集った。中でも有名なのは、『枕草子《まくらのそうし》』を記した清少納言《せいしょうなごん》だ。彼女たちの間では機知に富んだ会話が飛び交い、上流貴族の御曹子たちからも羨望のまなざしが向けられていたという。

帝に愛され、順風満帆と見えた定子の人生に暗雲がたちこめるのは、彼女の父・道隆が没してからだった。それまで、他の貴族たちは権勢をふるう道隆に遠慮をして、自分たちの娘を入内させるのを控えていた。しかし、道隆の死とともにその遠慮もなくなり、次々と新たな妃が入内してくる。

さらに、定子の新たな後見役となった兄の伊周と、叔父《おじ》の道長との間に、一族の長の座をめぐって権力争いが勃発。そんな折も折、伊周は自分の恋人のもとにときの花山《かざん》法皇が通っていると誤解し（法皇が通っていたのは同居する別の姉妹）、従者に命じ、法皇めがけて矢を射かけさせるといった不祥事を起こして失脚する。

定子は失意のあまり、自ら髪を切って出家するが、帝はそんな彼女をなおさら愛《いと》しく感じ、宮中に呼び戻して寵愛し続け、やがてふたりの間に第一皇女、第一皇子が続けて誕生する。

彰子が入内したのは、そんな時期だったのだ。

十二歳の彰子では、帝と深く心を通わせた二十代の定子に太刀打《たちう》ちできるはずもない。他の妃たちにも帝はそれなりに愛情を示したが、帝の御子は定子が産んだ皇子皇女のみ。後見を失った不安定な身でありながら、依然、定子は帝の一の寵妃《ちょうひ》であり続けた。

このままであれば、失脚した伊周も、甥《おい》である皇子の後見役として政治の表舞台に復活する可能性が出てくる。そう考えた周囲の貴族たちは、昼は道長、夜は伊周のもとを訪れて、自身の保身を図るようになる。

そんな混迷の中、定子は三度目の出産で第二皇女を産んだのちに死去。二十五歳の若さであった。

「皇后さまが亡くなられて、もう何年も月日が経った。その間に、わが娘・中宮彰子さまもご立派に成長された。もはや十二歳の童ではない。輝かんばかりの二十歳。そのことに主上にも早く気づいていただきたいのだ」

父親として、藤原の氏長者として、道長が望むのは、娘の彰子が帝に寵愛され、皇子を儲《もう》けること。その皇子が東宮《とうぐう》（皇太子）の座に就いて、次の帝となることだ。

そうすれば、道長は帝の外祖父として朝廷を完全に掌握できる。この国の貴族たちは代々そうやって、自らの権力を維持してきたのである。

「中宮さまを、いま以上に魅力的な女人に。漢籍に通じたあなたを女房に迎えたのも、学問好きの主上に中宮さまのことを思い出していただくための手段だった」

道長のあけすけな言いように戸惑いながらも、香子は小さくうなずいた。自分が採用された理由がそこにあることは、香子自身も承知していたのだ。だが、それに加えてさらなるものを求められようとは……。

「あの『源氏物語』の作者が中宮さまの進講役を務める。つまり――」

道長は思わせぶりに言葉を句切り、にやりと笑ってみせた。

「いま、この藤壺にお越しくだされば、あの『源氏物語』の続きが読める！ かもしれない！」

急に声を大きくして子供のようにはしゃぐ道長を、衛門がひとさし指を立て、しいっ、しいっと叱る。道長はすぐに静かになり、こふんと咳《せき》ばらいをして、すまし顔に戻った。

呆然《ぼうぜん》とする香子に、衛門が先輩女房の余裕を示しつつ微笑みかける。

「これは書かないわけにはいきませんわね、式部」

「衛門さままで……」

抗弁しようとした。が、脱力してしまい、言葉がうまく出てこない。

話の種が尽きたなどとは言ったが、それは嘘だった。おぼろげではあるが、光源氏の誕生からその晩年まで、大方の流れは構想済みだった。さらに言うなら、彼の子の世代の話も途中までなら考えていた。

とはいえ、空白になっている部分も多い。細部までは煮詰めていないし、実際に書いてみると話が繋《つな》がらないことも、しょっちゅうだ。話を考えることと、執筆すること、このふたつはまったく別次元の作業なのである。

ましてや、いままでは自分のために書いていた物語を、帝に読ませるため、その関心をひきつけるために書くなど——本当にできるのだろうかと怖じ気づいてしまう。

「無理ですわ、そんな……」

弱音を洩らす香子に、衛門が言う。

「気負わずともよいのですよ。あなたの中にある物語を、わたしたちにもわかるように文章として描き出して欲しい。源氏の君の悦《よろこ》びと苦悩を見せて欲しい。望むのは、それなのですから」

うむうむと、道長も幾度もうなずく。よくもまあ、そんな気楽なお顔ができるものだと香子は道長を憎らしく思った。

いっそ、この場で気を失ってしまえたら、どれほどの重圧と闘っているか、理解してもらえるだろうか。しかし、そうそう都合よく気絶できるものでもない。

さんざんためらった末に、香子は消え入りそうな細い声で告げた。

「時をいただけますでしょうか。物語を書かなくなって久しいものですから、本当に書けるものやら、自信もまったくございませんし……」

「あなたは書くよ、藤式部」

平然と道長は言い切り、

「そうだ。あなたの新しい呼び名だがね」

と、いきなり話を変える。

「病にかかった源氏の君が療養のために北山《きたやま》に赴き、そこで十歳ほどの少女とめぐり逢うだろう？　その少女が実は藤壺の宮の姪《めい》で、光る君は許されぬ恋の相手の面影を少女に重ねてしまう。あのくだりが、なかなか印象深くてね。どうだろう、若紫とも称されるあの少女にちなみ、若紫式部……」

衛門が容赦なく言う。

「語呂が悪いですわね」

香子もそれに乗った。

「ええ。それに、わたくしはもう若くもありませんですし」

厭《いや》みですわ、と付け加える。道長は驚いたように、大袈裟《おおげさ》に首を左右に振った。

「何を言う。わたしなど、もうとっくの昔に年寄りの仲間入りをしているのだよ」

四十歳が初老とされる時代だ。年が明ければ四十二歳になる道長が年寄りを自称するのは、冗談でもなんでもなかった。それでも、香子は心の中で、いいえと打ち消す。

いいえ、あなたはいつまでも、若く綺羅綺羅しい貴公子のままなのですわ。だから、そんな無理をわたしに強いられるのですよ。

直接そうも告げられず、香子は小さくため息をついた。道長は彼女のため息をなんと誤解したのか、

「わかった、わかった。では、若をとって、紫式部《むらさきしきぶ》はどうかな」

「――紫式部、ですか」

「ああ。もとの呼び名の藤式部にも通じるだろう？　藤の花の色は紫だからね。そして、若紫の少女や、源氏にとっての永遠の女性、藤壺の宮にも通じる色だ。紫のゆかり、というわけだね」

ゆかり、つまり、紫で繋がる縁。その語句の響きは本名の香子とも似通っていた。

「どうだろう、これなら『そうか、あの物語の作者の……』と誰しもがすぐに思いつくし、いい宣伝にもなる」

ああ、女房名にこだわっていたのは、そういう狙いがあったからでしたかと、香子は納得した。

このひとは政治家で、一見なんでもないようなことにも、すべて計算が働いている。それくらいやらなくては生き残れない、油断をすれば親類縁者からも蹴落とされかねない、厳しい世界に身を置いているのだ、とも再確認する。

倫子の娘である彰子がときめいてくれたほうが、香子にとっても望ましい。ここは道長に協力すべきだと思う反面、物語まで政争に利用しようとする彼を無性に突き放してやりたくもなる。

「まだ少し、呼びにくいですわね」

精いっぱいの抵抗として、わざと素っ気なく言ってみる。道長はあわてふためき、

「いや、そんなことはない。慣れれば、式部も気に入るはずだ」

と力説した。その様子がおかしくて、香子は思わず吹き出してしまった。笑った時点でおのれの負けなのだと自覚しながら。

「紫式部――紫は高貴な色。素敵な呼び名ではありませんか」

と、優しく衛門が言ってくれたのが、せめてもの慰めだった。

こうして、後宮を舞台に、宮廷女房・紫式部としての生活が始まった。

彰子の近くにはべり、漢籍の講義を行い、ときには倫子の話し相手も務める。そして、物語を書きつづるための大量の紙を前に、ひたすら苦吟する。

宮仕えは気が張るもの。多くのひとびとが出入りする宮中で、いつなんどき呼び出されるかもしれず、女主人の話し相手をするだけならともかく、同僚たちの目、宮中に出

仕する貴族たちの目を、常に意識しなくてはならない。

そのうえでの執筆なのだ。

引き受けるのではなかったと、香子は早くも後悔していた。

白い紙の前に座し、筆を握っていざ書こうとしても、なんの文章も湧いてこない。以前は眠るのも惜しいくらい筆が走っていたのに、あのときの活力はどこへ行ってしまったのか。呼び戻せるのなら呼び戻したいのに、そのすべもない。

道長からは矢の催促が来るし、何も知らないはずの同僚女房からも「あの物語の続きはどうなっていまして？」と無邪気に質問される。そのたびに香子は頭を抱えたくなった。

書きたくないわけではない。書けるものなら書きたい。

だがしかし、これまでとは状況が全然、違うのだ。

唯一無二の存在、この国の天子に「面白い」「読みたい」と思ってもらえる物語を作らねばならない。さらに言うなら、帝の関心をこの藤壺に、彰子に向けられるよう、図らねばならない。果たしてそんなことが可能なのかと香子自身も疑問に思うが、彼女に望まれているのはそれなのだ。

そんなこんなを考えると、深い山に迷いこんだかのようにますます心細くなり、書けるものも書けなくなってしまう。子供のように手放しで泣きながら御所を飛び出してしまいたくもなる。

「ですから、そう肩に力を入れずとも」

事情を知る衛門は局をそっと訪ねては、彼女なりに香子を励ましてくれた。

「迷っているようなら、話だけでもわたくしが聞きましょうか？　もっとも、わたくしは歌は詠みますけれど、物語を書いたことがなくて、なんの助言もできそうにないのですが」

「ご謙遜を。学者の背の君を持ち、博識で知られる衛門さま以外のどなたに、こんな話ができましょうか」

「そうなの？　まあ、いつかは何か書いてみたいとは思いますけれどね。思うばかりでなかなか」

そう言って笑いながら、衛門は脇息を引き寄せ、じっくり話を聞く態勢に入る。香子もおぼえ書きを広げ、再確認を兼ねて物語の骨子をざっと説明する。

「帝の皇子として生まれ、臣籍にくだった源氏の君……。彼が慕うのは、亡き母にそっくりだという藤壺の宮……」

「そう、その藤壺の宮なのだけれど」

話し始めたばかりだというのに衛門に止められ、香子は出鼻をくじかれてしまった。

「はい？　藤壺の宮がどうされましたか？」

「病で実家《さと》に戻られた宮のもとへ源氏の君が無理に押しかけ、関係を持つ場面があるのだけれど、空蝉のときに比べると、描写があっさりしすぎてはいない？」

「はあ」

「はあではないわよ。しかも、これが初めてではないようにも読めるではありませんか」

「あ、いえ、それはどこかの段階で、宮は源氏の君から恋の告白をされ、これはいけないと距離をおこうとしていたのに、この〈若紫〉の巻でとうとう……という流れでありまして」

「だったら、その告白の場面をなぜ省いたのですか。いえ、義理の母と息子ですからね、あまり詳しく書くのはどうかと、ためらう気持ちはわかりますよ。けれども、初めてふたりが結ばれた夜は別でしょうに。なぜ、もっともっと詳しく書かないのですか」

想定外の衛門の熱の入れように、香子はまごつきながらも、なんとか説明を試みた。

「それは……。藤壺の宮は帝の妃で、しかも皇族出身の姫君。そのような高貴なかたの閨《ねや》をつまびらかに書き記すなど、さすがに畏れ多くて……」

「同じく皇族の姫君、末摘花の場面はなかなか細かかったのに？」

「末摘花の君の場合は、笑い話ですから」

ふうむと衛門は不満げな息をつきながらも、「まあ、いいでしょう」と攻撃をゆるめてくれた。

「では、今後の展開は？　やはり、朧月夜との恋が中心になっていきますの？」

「そのつもりだったのですが……」

そこが悩ましいところだったのだ。

「朧月夜の君は、東宮――源氏の君の異母兄のもとへの入内が決まっておりました。ところが、源氏の君との関係が世間に知られてしまい、朧月夜の入内は難しくなってしまいます」

「あらまあ」

「当然、朧月夜の姉の弘徽殿の女御は激怒します。もともと源氏の君を目の敵にしていた弘徽殿は、『源氏の君には朝廷をないがしろにする気持ちがあるのです』と主張いたします。さらに、源氏の君の後ろ盾だった父君の桐壺帝が亡くなり、窮地に陥った源氏の君は、これ以上、事が大きくなる前にと、自ら須磨《すま》の地へ退きます」

「なるほど。高貴なかたが謂《い》われのない罪を背負って都を離れ、遠国《えんごく》をさまよう。貴種《きしゅ》流離譚《りゅうりたん》というわけですか」

さすがは衛門さま、理解が早くて助かると、香子は感心した。

「はい。須磨から明石《あかし》へとさまよい続けた源氏の君は、そこで運命の女人と出逢うわけなのですが……」

「ですが？　何か不都合でも？」

「物語の舞台が宮中ではなく遠い須磨明石に移ってしまうと、いささか話が地味になるような気がいたしまして……」

「地味に」

「主上のご興味をひかなくてはならないのに、雅やかさが大きく減じてしまうこの展開で、それが果たして可能であるのかという懸念が……」

「雅やかさが減じる」

問題点を把握した衛門は、ううむとうなって考えこんだ。智恵《ちえ》ある先輩女房のありがたい託宣を香子はおとなしく待ったが、衛門もだいぶ懊悩《おうのう》している。

やがて、衛門は用心深く言った。

「それはまずいわね」

ですよね、と香子はうなずいた。

「流離譚自体は悪くないと、わたくしは思いますよ。ですが、物語が再開してすぐに主人公が都落ちするのは、どうでしょう。その前にもっと、都での恋の話の数々をこれでもか、これでもかとくり広げたほうが無難でしょうね」

「華やかな恋の話の数々……。書くべきは、やはりそれですよね……」

納得しかけた香子は、しかし、暗い表情で肩を落とした。

「ですが、衛門さま。わたくし、結婚も遅く、夫しか殿方は知りません。その結婚生活もたった二年あまり。華々しい恋の駆け引きなど、それこそ、この頭の中だけで作りあげるしかありませんで、やはりそれは、あの、限界が」

「そんなことを言われても。わたくしだって、それほどの恋愛上手ではありませんでしたもの。それはまあね、宮仕えが長いと恋文の代作を頼まれる機会も多く、わかったようなふりぐらいはできますけれどね」

「ふりでよろしいのでしょうか」

「ええ。それで充分なのですよ。だって、ほら、考えてもご覧なさい。月から来たおぼえはなくとも『竹取物語《たけとり》』は書けます。天孫降臨《てんそんこうりん》を目撃しなくとも『古事記《こじき》』だって書けますからね」

「『竹取物語』に『古事記』……」

竹から生まれたかぐや姫。『古事記』はともかく、誰しも知っている古い物語のほうを香子は思い浮かべた。

竹取の翁《おきな》が竹の中からみつけた少女は、まばゆいほどの美女に成長する。噂《うわさ》を聞いて求愛者が殺到するが、姫は首を縦に振らず、帝の誘いすらも退ける。

やがて十五夜の晩、昼よりも明るい光に満ちる中、かぐや姫を月世界に呼び戻すため、大空より雲に乗って天人たちが降臨してくる。彼らは美しく完璧で歳をとらず、悩み事など一切ない存在。姫を渡すまいと武装して待ち構えていたひとびとも、なぜか天人への攻撃は通用せず、呆然としている。

もはや、誰も天人たちを阻めない。かぐや姫は天の羽衣を身にまとい、大勢の天人たちにかしずかれて月世界へと帰っていくのだった――

香子が思い描いたのは、かぐや姫が月へと去っていく場面だった。竹から生まれた絶世の美女に、雲に乗る天人たち。姫を乗せた特別な飛ぶ車には、薄絹を張った豪華な日傘の羅蓋《らがい》が差しかけられている。

この世では到底あり得ない絢爛《けんらん》豪華な光景に、香子は陶然とした心地になった。

「確かに。天人を見たことはありませんが、いま、眼裏《まなうら》にありありとその姿を思い浮かべられましたわ……」

心眼でとはいえ「見る」ことができたなら、それを文章化して他者に伝えることはできる。恋愛遍歴を重ねずとも、多彩な恋の物語を書くことは可能というわけだ。

香子の共感を得られ、言った甲斐《かい》があったと衛門も満足げな顔になった。

「わたくしひとりではなく、別の誰かの意見も聞くべきだと思いますよ。大臣はほうぼうにお声がけをして、優秀な女房をこの藤壺にさらに集めようとしておられますから、そういったかたがたの中からあなたの話し相手もみつかるのではなくて？」

そうですわねと返しながらも、香子はまったく期待をしていなかった。そもそも、衛門以外の同僚たちと、彼女はうまく馴染《なじ》めていなかったのだ。普通の女房ではなく、中宮に漢籍を教授する立場。そのことが同僚たちとの間に壁を生じさせていることは否めなかった。漢字などまったく書けないようなふりをして、とにかく目立たないようにしているのに、どうしてこうなるのか。執筆に加え、人間関係の予想外の難しさに、香子は二重に苦しめられていた。

宮仕えにあがって、まださほど日が経っていないにもかかわらず、香子は早々に宿下がりを願い出た。

執筆も進まない、慣れない環境に気も休まらないで、家に帰りたくてたまらなくなり、駄目でもともとと試みたところ、幸い、許可はすぐに下りた。が、いざ退出の日取りを迎えると、「今日はどの方角もよろしくない」「御所からは出ないほうがよい。無理にも出れば、鬼とも遭遇しかねない」と陰陽師から怖い見立てをされた。

陰陽師とは、ごくごく簡単な言いかたをすれば占い師である。この時代、貴族は何をするにも陰陽師に吉凶占いを頼み、その判断に従って動いた。悪い方角を避けるための方違えなどは、そのいい例だ。

陰陽師の占いは気になったけれども、香子は一日も早く家に戻って、わが子の顔が見たかった。

「では、いくら遅くなっても構いませんので、都の中をぐるりと大廻りして、とにかく悪い方角をことごとく避けていってくださいな」

そう頼みこみ、無理にも牛車《ぎっしゃ》を手配してもらった。かくして午後の遅い時刻、香子は少しばかりの従者と牛飼い童を伴い、車に乗って御所を退出していく。

車内は狭いし、よく揺れる。乗り心地はけしてよくはなかったが、香子は物見の窓から外を眺め、往来の観察も怠らなかった。

（光源氏もこうやって牛車に揺られながら、女君たちのもとに通っていたのよね……）

主人公と同じ状況に身を置き、彼の心境を想像してみる。生まれも歳も性別さえも違う相手であり、いくら考えたところで想像の域は出ない。だからこそ、少しでも精度を上げるため、観察と分析を幾度も重ねなければならない。

季節柄、陽が暮れるのが早く、あたりはすっかり暗くなった。それでもなお、悪い方角を避けて、牛車はぐるぐると洛内《らくない》を廻り続ける。

おかげでいろいろな場所を見られてよかったわ、と香子は思った。が、牛車に徒歩でついてきていた従者たちは、別の感想を持っていた。

「長らくのご乗車、お疲れではありませんか？」

そう問いかけながら、自分たちも休憩したいと言外に訴えてくる。さすがに気の毒になって、香子は車を停《と》めるよう、指示を出した。

停車したのは、都の内とはいえ、だいぶ寂しい場所だった。夜陰にぽつぽつと浮かぶ家の影は、どれも小ぢんまりとしている。

(けれども、物語では意外とこういう場所に、絶世の美女が隠れ住んでいたりするのよね……)

夢想の世界にどっぷりと浸りこんでいた香子は、その気分のまま、車の後ろの御簾を押しあけた。

「車から降りてもいいかしら」

従者たちはぎょっとしつつも踏み台を用意し、香子が降車する手助けをしてくれた。袿の裾が汚れないように少し上げて、香子は地面を踏みしめ、夜空を仰いだ。

薄い雲の間から、月が白い顔を覗かせている。満月ほどではないにしろ、周囲を見廻すには充分な明るさだった。

「ずっと車に乗っていて身体《からだ》が硬くなってしまったわ。そのあたりを少し歩いて、ほぐしてみたいのだけれど」

そう香子が言うと、従者たちはこぞって反対した。

「そんな。洛内とはいえ、夜は何かと物騒でございますれば。どうしてもとおっしゃるなら、わたしがお供いたします」

用心のためにも連れは必要だと思う半分、その連れに邪魔されたくない気持ちも半分。どうしようかと決めあぐねていると、十二、三歳の牛飼い童が「わたしがごいっしょしましょうか？」と提案してきた。

見れば、なかなか小ぎれいな童だ。光源氏がつれない空蟬の代わりに、空蟬の幼い弟をかわいがったことが思い出されてくる。

「そうね。では、あなたに頼もうかしら」

「はい。喜んで」

さっそく、香子は牛飼い童を連れてあたりを少し歩くことにした。

白い月。冷たい夜気。踏みしめる大地の堅さ。枯れた草のにおい。すぐそばを跳ねるように歩いている牛飼い童の体温。

そういったものを体感しつつ、無意識のうちに知識として蓄積していく。いつか、何かの描写に使えるかもしれないから。

香子のその感覚が、遠くから接近してくる牛車の気配をとらえた。わいわいとにぎやかな声もそこに混じっている。

いかにも軽薄そうな連中に、こんな寂しいところでからまれては厄介だ。牛飼い童も同じことを思ったらしく、「こちらへ。この木の陰に隠れてやり過ごしましょう」と、早口で勧める。

言われた通り、香子が牛飼い童とともに身を隠してすぐに、一台の牛車が視界に現れた。

若い公達《きんだち》が四人乗りの定員いっぱいに乗っているらしい。酒もかなり入っているようで、とにかく声が大きく、聞こうとしなくても車内の下品な会話は筒抜けだ。

陽気な彼らは香子と牛飼い童に気づかぬまま、ふたりの前を通り過ぎた。その直後、

「そうそう、あそこが、かの清少納言の邸らしいぞ」

そんな声が聞こえて、香子はぎょっとする。

「清少納言？　もしや、それは皇后さまのもとにいた、あの清少納言のことか？」

「そうとも、『枕草子』の作者、あの伝説の女房だよ。ある雪の朝、皇后さまが『少納言、香炉峰《こうろほう》の雪はいかに』と問われた。それを聞いた少納言はさっと御簾を高く上げて、外の雪景色をお見せした。白居易《はくきょい》の詩に『香炉峰の雪は簾《すだれ》をかかげて看《み》る』とあるのをすぐに思い出し、行動で示した、という話なんだが……。つまり、あれだな。わたしは漢詩を知っていますよという自慢だな」

げらげらと品のない笑いが巻き起こる。

「なるほどね。その才女の顔をひと目、拝んでやろうじゃないか」

「それこそ、簾をかかげて看てやるのさ」

ばさばさと車の御簾を押しあげ、公達たちはてんでに顔を突き出した。彼らの視線の先には、荒廃した邸が一軒、建っている。

もとは悪くない造りだったろうに、塀は壊れたままで屋根は荒れ放題、庭も手つかずで放置されている。奥に小さな明かりがともっているので、かろうじて誰かが住んでいることはわかるものの、そうでなかったら無人の廃屋と思っただろう。

「やれやれ。宮中でちやほやされて、お高くとまっていた宮廷女房も、結局はこのように落ちぶれてしまうわけか。みじめなことだねえ」

公達のひとりがそう揶揄《やゆ》した刹那。

廃屋のごとき邸から、だん、だん、だん、と荒々しい足音を響かせ、何者かが簀子縁まで躍り出てきた。

鬼のごとき形相をした女だった。

髪の長さは肩先につく程度しかなく、白髪も目立つ。尼削《あまそ》ぎと呼ばれる髪型で、出家した尼の証《あか》である。その髪型のせいもあり、一瞬、老女かと見えたが、それにしては背すじがしゃんとのびている。
三、四十と見るべきか、六、七十と見るべきか。いや、そもそも、ひとなのか鬼なのか。
彼女は憤怒《ふんぬ》にぎらつく目で牛車の公達たちをまっすぐに睨みつけ、大音声《だいおんじょう》で怒鳴った。

「あなたがたは駿馬《しゆんめ》の骨を買わないのですか！」

　正直、公達たちはなんと言われたのかも理解していなかっただろう。

　荒れ屋から突然、出てきた鬼のごとき女法師に怒鳴られ、肝をつぶし、悲鳴をあげる。あわてて車内に引っこみ、牛車を急ぎ走らせて、脱兎《だつと》のごとく逃げていく。

　当の尼はからからと笑ってから、悠然と邸内に戻っていった。

　あたりは再び静まりかえる。

　それまでの間、香子と牛飼い童は木陰でじっと固まっていた。牛車が見えなくなり、邸からもなんの動きもないと判断できるようになってから、牛飼い童が小声で告げる。

「わたしたちもこっそり退散しましょう。こっそり、こっそり、あの鬼女にみつからぬように……」

　促されても、香子はなかなか動けなかった。ようやく言えたのは、

「……『戦国策』だわ」

　なんのことやら見当もつかず、牛飼い童は首を傾《かし》げる。香子の目にそんな彼の姿は入っていなかった。

　古より伝わる漢籍『戦国策』にいわく、燕《えん》の国の王が賢者を探す方法を郭隗《かくかい》なる人物に問うたところ、

「死んだ馬の骨を高値で買うように、まずはこの郭隗を用いなさいませ。さすれば、噂を聞いて、より優れた者がこぞって集まってくることでしょう」と、郭隗は答えた。

まず隗より始めよ、の故事である。

つまり、あの尼は「駿馬は骨になろうとも買い求めるに足るだけの価値があるのに、そんなことも知らないのか」と、無礼な若者たちを叱責したのだ。

定子のもとに出仕していた当時で、清少納言は三十歳前後だったと聞いている。となると、いまはおそらく四十歳くらい。髪が短く、白髪が多いせいか、もっと歳がいっているようにも見えた。

しかし、その眼光は鋭く、夜陰に轟《とどろ》いた声の張りにも、衰えといったものをまったく感じさせない。ましてや、咄嗟に漢籍から引用する頭の回転の速さは、さすが皇后定子に重用された宮廷女房だけのことはあった。

当人が主張した通り、駿馬は骨になっても駿馬なのだ。

「あれが……清少納言……」

本物だ、と香子は心の中でつぶやいた。

まったく予想もしていなかった邂逅《かいこう》に、彼女は身の内から来る震えをどうしても止めることができなかった。

二　駿馬《しゅんめ》の骨

あっという間に年が明けて、春が来た。

香子《かおりこ》が自邸で子供と過ごしていられた時間も、それほど長くはなかった。すぐに御所に呼び戻されて、再び宮仕えが始まったのだ。

それはそれで仕方がないとおとなしく受け容《い》れ、香子は実家から新たに運びこんだ書籍を彰子《あきこ》の前に広げて、漢籍を教えた。

彰子は教え甲斐《がい》のある相手だった。それこそ熱心に学び、期待以上の早さで多くを吸収していく。光源氏《ひかるげんじ》も若紫《わかむらさき》を手もとに引き取ってから、自ら読み書きを教えて、その成長を見守っていたが、こういう気持ちだったのかと香子は想像をめぐらす。

彰子はどうかすると、二十歳ではなく十五、六の少女のように見えた。

彼女が入内《じゅだい》したのは十二歳のときで、当初は妃《きさき》といっても形ばかりのものだった。そのことが成人してからも尾を引いているのかもしれない。

いつまでも初々《ういうい》しいのも好ましくはあるが、妃としてはどうなのだろうかと香子は考えずにいられなかった。上流貴族の姫君に求められるのは、帝《みかど》のもとに入内して寵愛《ちょうあい》を受け、世継ぎの皇子《みこ》を儲《もう》けること。そのためには、まず帝に大人の女性《にょしょう》として見てもらわなくてはならないが……。

香子は漢籍を教える一方で、彰子の髪のつややかさ、まつげの長さ、唇の潤いなどを盗み見しては、彼女の魅力の引き出しかたをあれこれと考えた。

(やはり、若紫と中宮《ちゅうぐう》さまを重ね合わせて描写し、『あのときの女童《めのわらわ》はこんなに美しく成長されましたよ』と言外に訴えるしかないわね……)

成長した若紫が源氏の妻となる。その展開は前から決めていた。

ただし、それは、源氏が須磨《すま》をさまよったすえの数年後、都に戻ってきてから紫の上と対面し、「ああ、あのときの幼い子がこれほど美しく成長するとは」と感激して——といった流れだった。

(まあ、調整はできなくもないわ。桐壺帝《きりつぼてい》にはもう少し長生きをしていただきましょう。源氏を溺愛している父君が存命中は、弘徽殿《こきでん》の女御《にょうご》もおいそれとは手が出せないはず。その間に若紫を成長させて……。いささか強引な気がしなくもないけれど……)

そんなことを考えていると、簀子縁《すのこえん》からぱたぱたと軽やかな足音が聞こえてきた。その足音が、香子たちのいる部屋の前でぴたりと止まり、黒髪を角髪《みずら》に結った幼い童が柱のむこうから顔を出す。

今上帝《きんじょうてい》の一《いち》の宮《みや》、帝と定子《さだこ》の間に生まれた第一皇子の敦康《あつやす》親王だ。

母の定子と死別した直後、一の宮は姉とともに、定子の同母妹・御匣殿《みくしげどの》によって養育されていた。しかし、その御匣殿も翌年、身罷《みまか》ってしまう。

そのため、一の宮は彰子が後見役となって養育することとなった。彰子の母、倫子《ともこ》が後宮《こうきゅう》によく来ているのも、この幼い一の宮の世話をするためだったのだ。

彰子は筆を持つ手を止め、数えで八歳になる義理の息子に温かく微笑《ほほえ》みかけた。

「あらあら。どうされましたか、宮さま」

「母上、あの」

何か言おうとしたのに先が続かず、一の宮は恥ずかしそうにしている。その愛らしさに、子を持つ母の香子も自然に笑みを誘われた。ましてや、娘のちい姫と一の宮は歳《とし》も近い。ついつい、わが子と重ねて見てしまう。

そこに、宮の世話係の女房があわてて駆けこんできた。

「そちらに行ってはなりませんよ、宮さま。中宮さまはいま、おいそがしいのですからね」

一の宮はぱっと身を翻して、再び簀子縁を駆けていく。女房は彰子に「申し訳ございません、中宮さま」と謝ってから、必死に一の宮を追いかけていった。

こんな中断も日常茶飯事だったので、香子も彰子も気にはしない。むしろ、幼い子の闖入《ちんにゅう》はいい気分転換にもなった。

「宮さまは本当にかわいらしいかたですわね」

「ええ。健やかに育ってくださって嬉《うれ》しい限りだわ」

なさぬ仲の子であるのに、義理の母の彰子は本心から一の宮を慈しんでいた。

現在、今上帝の子は皇子ひとり、皇女ふたりの三人のみ。いずれも定子が産んだ子供たちだ。

東宮《とうぐう》の座には、帝の四歳年上のいとこ・居貞《おきさだ》親王が据えられている。このままいけば、今上帝の身に何事かあった場合、居貞親王が新帝として立ち、次の東宮には定子の遺児の一の宮が擁立されるだろう。

道長《みちなが》が彰子を一の宮の後見役にしたのも、彰子に子ができなかった際のことを考えた保険の意味合いが強かった。

上《うえ》つかたは大変だわ、と香子はしみじみ思った。

どこの家にも跡目争いはあるだろうが、上流の場合は特に、一度滑り落ちると関係者すべてが沈みかねない。まさに命懸けだ。その分、成功した際に得られる富や名誉は莫《ばく》大《だい》であり、ゆえに争いは飽くことなくくり広げられていく。

いまでこそ、左大臣と氏長者《うじのちょうじゃ》を務める藤原《ふじわらの》道長も、そもそもは藤原兼家《かねいえ》の五男坊で、あのような高い地位に就けるとは、誰も――姑《しゅうとめ》の穆子《あつこ》以外――予想していなかった。

ただし、五男坊といっても、長男の道隆《みちたか》、三男の道兼《みちかね》と同じく、正妻の子。道隆、道兼が消えれば、道長にも光が当たる。

まさかと思われた事態は、やがて実際にめぐってくる。都に疫病が流行《はや》り、もとから持病を抱えていた道隆が、さらに病状を悪化させて死去。彼が務めていた関白《かんぱく》（天皇の補佐役）の地位は、弟の道兼が引き継ぐことになる。

しかし、関白就任直後、道兼も病没。やっとつかんだ栄華のあまりのはかなさに、ひとびとは道兼を〈七日《なのか》関白〉と呼んだ。

道隆の息子で二十二歳の伊周《これちか》が、父のあとを引き継ごうとしたが若輩ゆえに認めてもらえず、道長が登用されて、いまに至っている。

ひとつ歯車の動きがずれれば、どうなっていたか、誰にもわからない。これまでも、これからも。だからこそ、上流貴族の激しい浮き沈みを、世のひとびとは固唾《かたず》を呑《の》んで見守っているのだ。

誰しもが心やすく、幸福な日々をすごして欲しい。香子もそのように願う一方で、上つかたの動向を、どこか醒《さ》めた目で俯瞰《ふかん》していた。物語の作者としては必要なことだが、そんな自分に若干の後ろめたさを感じないわけでもなかった。

その夜、香子は自室でひとり、文机《ふづくえ》に向かっていた。

文机の上には白い料紙《りょうし》が山積みされている。紙も墨もこの時代、貴重品だが、左大臣藤原道長が援助してくれているのだ、いくらでも使い放題である。

とはいえ、いまだ執筆は進んでいない。まっさらな紙の白さが目に痛いくらいだ。

今宵《こよい》も一枚も書けずに終わるのかと絶望し、香子は大きくため息をついた。

（書かなくてはどうしようもないとわかっている。わかっているのだけれど……）

今日も彰子を秘《ひそ》かに観察しながら、若紫を前面に押し出そうと決めたばかり。赤染衛門《あかぞめえもん》に相談すると、「それはいい考えですわ」と彼女も太鼓判を押してくれた。

「これでもう書けますわね」

「いえ、そんな簡単には……」

「やるべき事は決まったのですから、あとは書けばいいだけではありませんか。何を迷っているのですか」

「ですから、具体的にはまだ何も決まっておりませんで……」

「ならば、早く決めておしまいなさい。大臣《おとど》も主上《おかみ》も『源氏物語』の続きはまだかと、首を長くしてお待ちなのですよ」

「はい……、善処いたします……」

方向性が定まっただけで、どう動かすかの具体的な案が出てこない以上、書けるはずもないのに、衛門は容赦なく責め立ててくる。　書き出す前から、気力体力は削り取られていく一方だ。

思わぬところに敵がいた、と香子は嘆いた。この敵が心強い味方でもあるだけに、事はより面倒だ。

物語を書くこと自体は、もとから好きだった。好きでなければ、こんな手間のかかることはしない。なのに、好きなだけでは務まらないところにまで来てしまっている。それでも、なお進まなくてはならないとは、いったい自分は前世でどんな罪を犯して、こんな罰を受けているのかと疑いたくもなる。

ふうと息をついて、香子は文机に頰杖《ほおづえ》をつき、思考をめぐらせた。

（一足飛びに若紫を成長させるのもどうかという気がするし、やはりその前に、他のかたがたとの恋模様も入れないと……）

新しい登場人物を想定できないのなら、すでに物語の中に名が出ていながら、具体的にはまだ活躍できていない人物を使えないかと香子は考えた。

（たとえば、正妻の葵《あおい》の上《うえ》……。添《そ》い臥《ぶ》しの姫として物語に登場したはいいものの、源氏の君よりも四歳年上。大臣家の姫君としての誇りも高く、源氏の君との夫婦仲はぎくしゃくしたまま。そうね、ぎくしゃくしているから動かせないのよね。源氏の君が恋愛遍歴を重ねる理由にもなるから、正妻とは不仲にせざるを得なかったのだけれど）

ならばと、もうひとり、該当する人物を思い浮かべる。

(亡くなられた東宮の未亡人、六条《ろくじょう》の御息所《みやすどころ》……。こちらも源氏の君より年上で、教養豊かで繊細な貴婦人。でも、源氏の君はそんな御息所を堅苦しい相手で息が詰まると感じるようになって……、だからこちらも容易に動かせないわ。ああ、恋よ恋……。恋ですか……。恋……。恋ねえ……)

華麗なる恋物語を、なんとかひねり出そうとあがくも、自分の中にそもそも存在していないものを簡単に引き出せるわけがない。もちろん、恋愛せずとも恋物語は書けるが、これで正解なのだろうかと迷いが生じる分、難易度は上がる。

(参考までに、恋の達人に実体験の数々をうかがってみたいけれど……)

なかなかいないし、聞き出せたところで、使える話はほとんどなかったりする。

彰子は思慮深く控えめな性格で、女主人のその気質が影響してか、彼女を取り巻く女房たちも自然と似たふうに振る舞う傾向があった。そんな中では、派手な恋の体験談も披露しにくいに違いない。

一方、皇后定子のまわりは常に明るい雰囲気に包まれていたと、清少納言《せいしょうなごん》の『枕草子《まくらのそうし》』にも記されている。

(定子さまの御座所《ござしょ》に足繁《しげ》く出入りしていたかたなら、恋の達人も絶対にいそうだわね。いっそ、あのかたに当時の話をうかがってみるとか)

香子が思い浮かべたのは、荒れ屋から足音高く響かせて現れた、清少納言だった。牛車《ぎっしゃ》に相乗りしていた酔っぱらいの公達《きんだち》たちは、鬼が出たと早合点して逃げたに違いない。そう思うのも無理はないほどの迫力だった。

才女の誉れ高き宮廷女房が、御所を離れて数年であそこまで変貌するとは。いったい何があったのか訊《き》いてみたい。できれば、宮仕えをしていた当時の話なども、いろいろと聞かせてもらいたい……。

煮詰まった香子はえいやっと立ちあがると、書庫にしている隣の空き部屋に向かい、積みあげられた書の山々を見廻《みまわ》した。雑な積みようだったが、どこに何があるかは大体、把握できている。

「確か、ここにあったはず」

ぶつぶつと独《ひと》り言《ご》ちながら引き出したのは、清少納言が記した『枕草子』だった。お堅い漢籍ばかりではなく、物語や誰かが書き記した日記なども、何かの参考になるかとここに持ちこんでいたのだ。

『枕草子』には宮中での思い出ばなしにとどまらず、虫や花、四季のあれこれに関する想《おも》いなどがつづられている。これが書かれた当時、定子の境遇は悲劇的なものであったのに、清少納言が描く逸話にそんな暗い影は微塵《みじん》もない。美しき女主人との機知に富んだやり取りは終始、明るく楽しげだ。

若い公達たちがそんな彼女たちを見逃すはずがない。きっと、数々の恋が展開されていたに違いないのだ。こうして読むだけでなく、当事者の話を直接聞けたなら――

（でも、無理でしょうね。彰子さまに仕えているわたしに、定子さまの女房だったひとが気安く話してくださるはずがないもの）

彰子の父・道長は、定子の兄・伊周を政治の表舞台から追いやった張本人。一の宮が彰子のもとで養育されているのも、定子の遺児を敵が奪ったと見るも可能なのだ。紫式部《むらさきしきぶ》でございます、昔の後宮のお話などを聞かせてもらえませんでしょうかと乞うたところで、清少納言が応じてくれるはずがない。

（ましてや、相当気性が激しそうなかただったし……）

あれやこれやと考えすぎて、すっかり頭が疲れてしまった。肩も重いし、腰もだるい。他の女房たちも寝入ったようだし、自分ももう休もうと、香子は『枕草子』を書籍の山の上に戻した。

部屋の明かりを消して、冷たい褥《しとね》へと身を横たえる。すぐには眠れなかったものの、枕に頭をつけ、目をつぶってじっとしていると、やがて、うとうとと微睡《まどろ》み始めた。目醒めているとも眠っているともつかぬ曖昧な心地よさに、香子の疲れた心身が優しく慰撫《いぶ》されていく。

今日はこれだけ努力したのだから、明日になればきっと道が拓《ひら》けてくるはず。どうか、そうなりますようにと、ほのかな期待がまぶたの裏にぽっかりと小さな花を咲かせる。

そんなとき、どこからともなく微《かす》かなすすり泣きが聞こえてきた。

女人《にょにん》の声だ。

しくしくと、絶え間なく切なげに泣き続けている。現実なのか、夢の中での出来事なのか、どちらともつかない。

（誰が泣いているの……？　その涙のわけは……？　こんなに待ち続けているのに愛《いと》しいひとが訪ねに来てくれないから……？　それとも何か別の理由……？）

半分眠りながら想像をたくましくしていくうちに、眠気はどこぞへと去り、香子は闇の中でぱっちりと目をあけた。それでも、すすり泣きは聞こえている。

現実なのだ。

そうと知るや、おとなしく眠ってなどいられなくなった。香子はそろそろと身を起こし、衣を肩に羽織って褥から抜け出した。すすり泣きは途切れ途切れとなりながらも、まだ微かに聞こえている。

なぜ、そんなにも切なげにむせび泣いているのか。許されぬ恋に身を焼いているのか。あるいは愛しいひとに裏切られ、捨てられでもしたのか。

できることなら、泣いている当人にそのわけを語ってもらいたい。話してもらえなくとも、それはそれ、夜の底で哀《かな》しげにむせび泣く女人の姿を、こっそり眺めさせてもらえないだろうか――

すべては物語執筆のため。ずいぶんと身勝手な願いだと、香子自身も自覚していた。が、この際、使えるものならなんでも使おうと、そこまで貪欲になっていたのだ。

相手に気づかれてはならないと、明かりも持たずに手探りで進む。みなが寝静まっており、釣燈籠《つりどうろう》も最低限にしか火が入っておらず、月明かり、星明かりが頼りだ。

いつしか、すすり泣きの声は聞こえなくなった。それでも、香子は未練がましく廂《ひさし》の間《ま》や簀子縁をさまよい歩いた。あのすすり泣きが空耳ではなかったという証拠が欲しかった。

が、それらしい姿は見当たらないし、暦の上では春になったとはいえ、夜気はさすがにしんしんと冷える。

あきらめて自室に戻ろうとした香子の前を、ふっと黒い人影がよぎった。

ぎょっとして立ちすくみながらも、香子はひそめた声に精いっぱい強気な響きを添えて問う。

「どなた？」

相手は足を止め、ゆっくりと振り返った。まるで狙いすましたかのように、雲に隠れていた天空の月が顔を出し、その人物を照らし出す。

直衣《のうし》姿の男性だった。歳は三十くらいだろうか。背丈は並だが、品がよく麗しい顔立ちをしている。それこそ、物語絵巻に描かれる主人公のような美男子だ。

驚きのあまり固まる香子に、彼は流し目をして逆に問い返してきた。

「そう言うあなたは？　中宮さま付きの女房かな？」

「ええ、そうですが……」

相手の美貌に圧倒され、もごもごと口もごりつつも、香子は相手が誰なのか探ろうと必死に考えた。年齢が三十前後で、宮中に出入りをしていて、美貌で知られる殿方となると……。

「もしや、頭中将《とうのちゅうじょう》さま？」

相手はふっと微笑み、甘い声で言った。

「おや、わたしを知っているようだね」

近衛《このえの》中将は、元来は宮廷警固の武官。武士がその役割を担うようになってからは、祭礼の使者や儀式の歌舞音曲《かぶおんぎょく》などを務める、宮廷の花形であった。

ましてや、頭中将は、近衛中将と帝の側近である蔵人《くろうど》の頭《とう》（長官）を兼任する、重要な役職。『源氏物語』において、光源氏の友人かつ好敵手に頭中将が配されたのも、光る君に対抗できうるだけの目立つ存在とみなされたからだった。

現職の頭中将を務めるは、源頼定《みなもとのよりさだ》。

村上《むらかみ》天皇の子・為平《ためひら》親王を父とし、今上帝や東宮とはいとこ同士となる。帝の孫にして源氏姓を賜《たまわ》って臣籍にくだった、正真正銘、源氏の君なのだ。

血筋がよいだけではなく、容姿も申し分ない。この時代はたおやかな男性が好まれており、美男を「女人にして愛《め》でてみたい」と形容する例がしばしば見られるが、まさにそれ。さながら物語の光源氏が生身の身体《からだ》をまとい、現世に降臨したかのようであった。なのに、自分は寝起きの顔で、彼の前に無防備に立っている。あわてふためく香子に、頼定はなんでもないことのように告げた。

「ところで、これは知っているかい？　御所には鬼が出るのだよ。哀しい鬼がね」

「哀しい鬼、ですか？」

急に何を言い出すのだろうと香子はさらに混乱したが、

「ああ。夜にまぎれてむせび泣く鬼がね……」

そう言われて、先ほどのすすり泣きのことかと遅れて気がつく。

「中将さまも聞かれたのですね。あのすすり泣きを」

「ああ。思うに、あれはきっと皇后定子さまの霊鬼だね」

「皇后さまの？」

いきなり霊鬼の正体まで断言されて、香子はますます困惑した。

「そんなはずは……」

ない、とは言い切れなかった。

帝に誰よりも深く愛されたのに、実家の中関白家《なかのかんぱくけ》は没落し、幼い子らを遺《のこ》して早世してしまった定子。恨みの鬼となりて現世をさまよっていても、なんら不思議ではない。まして、藤壺《ふじつぼ》には彼女の遺児もいる。わが子恋しさに母の霊がすすり泣いているのだとしたら――

ぞくりと香子は身を震わせた。まさか霊鬼だとは思わず、うかうかと部屋を出てきた自分の無謀さに顔面蒼白《そうはく》となる。

「どうかしたのかな。急に怖がって」

「れ、霊とは思いもしませんでしたから……。てっきり、誰かが苦しい恋にむせび泣いているものと……」

「苦しい恋？」

はっ、と頼定は笑った。袖で口もとを覆うも、直衣の肩は小刻みに笑いに震えている。ひとしきり、声を出さずに笑ってから、頼定は言った。

「そうか。あなたが紫式部か。あの物語の作者の」

まだ馴染《なじ》めずにいる新しい女房名《にょうぼうな》で呼ばれ、どういった顔をしていいかわからずに、香子は曖昧にうなずいた。

紫式部が中宮彰子さまのもとに上がり、源氏の物語の執筆にいそしんでいるという話は、すでに後宮中に伝わっている。おそらく、頼定は見慣れぬ顔の新参女房とその話を結びつけ、香子の素性を言い当てたのだろう。

「こんな夜ふけに物語の種を探していたというわけか。大変だね、あなたも」

中将さまこそ、どうしてここに――と言いかけ、香子は言葉を呑みこんだ。

おそらく、恋人のもとにそっと忍んでいった帰りか、これから行くところであろう。

さすがに、そこまであけすけに尋ねるわけにもいかない。本当は訊きたくてたまらなかったが。

頼定の恋の噂《うわさ》は、宮仕えにあがる前から、香子の耳にも届いていた。

二十代の初めに、なんと彼は東宮妃に手を出し、彼女を孕《はら》ませていたのだ。

くだんの東宮妃は評判の美女で、東宮も最初こそは美しい妃を厚く寵愛していた。が、あまり思慮深い女性ではなかったようで、東宮もその点が物足りなくなったのか、やがて愛情は冷めていく。そんな折、頼定が妃のもとに通い、彼女を身ごもらせた。

これを知った東宮は、自らが妃を顧みていなかったことを棚に上げ、頼定を蹴り殺してやりたいと周囲に洩《も》らすほど激怒したらしい。それでも、頼定が自身のいとこということもあり、ぐっと我慢をして、特に咎《とが》め立てはしなかった。

生まれた男児は寺に入れられ、妃はその数年後に病没している。

香子も光源氏と藤壺の宮の密通を書いた頃、「もしかして、これは頼定さまと東宮妃さまのことではなくて？」と誰だかに訊かれたことがあった。源氏と藤壺の間には不義の子が生まれているから、なおさらだったろう。

特に意識していたわけではなく、

「違うわよ。だって、物語ではふたりの関係は秘密のままで、生まれた子も桐壺帝の皇子として育てられているじゃない。全然違うわ」

と否定しておいたが、もしかしたら頭の片隅に頼定の噂がひっかかっていたのかもしれない。

当人にはどう思われたことだろう。そんな心配をする香子を、じっとみつめて頼定は淡々と言った。

「楽しみにしているよ、源氏の君の恋の行方を」

「ありがとうございます……。でも、ご期待に添えるかどうか……」

「大丈夫だよ、あなたなら」

なんの根拠も保証もない言葉ながら、麗しの貴公子からささやかれると、恋情なしでもどきりとしてしまう。香子は何も言えなくなり、頼定がその場から立ち去るのを見送ることしかできない。

やがて、彼の後ろ姿が視界から消え、気のせいか、月の光までもが減じたように感じられた。

（あのかたは本当に光る君なのかもしれないわ。けれども、陽《ひ》の光ではなく、月の光のほうかしらね……）

月の光は、夜の暗さをより実感させもする。冷たい夜気がぞくぞくと身体に染みこんでくると同時に、またあのすすり泣きが聞こえてきはしまいかと不安が急に増してくる。

もしも聞こえてきたら——霊鬼の声だとすでに知った以上、恐怖のあまり泣きわめいてしまいそうだ。そんなみっともないことになる前にと、香子は羽織った衣をぎゅっと握り、急いで自分の局《つぼね》へと戻っていった。

翌日、香子は再び宿下がりを願い出た。

ついこの間、実家に戻ったばかりであったにもかかわらず、今回の許可もすぐに下りた。一度、宮仕えにあがったら、なかなか家には帰れないものと覚悟していただけに、拍子抜けするくらい簡単で、もしかして特別扱いされているのかもと、香子はようやく自覚するに至った。

後ろめたさはあったが、昨夜、霊鬼のすすり泣きを聞いたばかりだ。そちら方面への対策は何も講じていなかったため、家に戻って尊勝陀羅尼《そんしようだらに》の護符やら何やらを確保してからでなければ、夜もおちおち眠れないし、落ち着いて執筆もできない。

いや、そもそも執筆自体、まだ始まっていないのだ。住み慣れた実家にいったん戻り、気持ちから何から立て直すことを、香子は切に望んでいた。

手配された牛車を牽《ひ》いてきた牛飼い童は、この間の宿下がりで世話になった童と同じ者だった。

「まあ、またあなたと？　よろしくね」

声をかけると、牛飼い童は嬉しそうに相好を崩した。おかげで香子もなおさら彼に話しかけやすくなり、「そうだわ。お願いがあるのだけど」と持ちかける。

「この間のことをおぼえていて？　牛車に乗った若い公達たちが荒れ屋に難癖をつけて……」

「はいはい。鬼のような形相の女法師に怒鳴られておりましたよね。あれはなかなか忘れられませんよ」

「では、あの家があった場所もおぼえているかしら？」

はいという返事だったので、香子は彼に、そこへ寄って欲しいと頼みこんだ。

「構いませんが、方違《かたたが》えですか？」

「ええ、そうね。そんなものよ。明るい昼間のうちに、あの家をもう一度、見てみたくもあって」

妙なかただと思われたのは間違いなかった。しかし、牛飼い童はそんな素振りは見せず、わかりましたと快諾してくれた。他の従者も、いやだとは言わなかった。

ホッとして牛車に乗りこみ、鬼の形相をした尼——清少納言の家へと向かう。車に揺られながら、香子は自嘲気味に苦笑していた。

(行ったところで清少納言に会えるわけでもないのに、わたしったら何をやっているのかしらね……)

それでももう一度、少納言の現状を確認しておきたかったのだ。

華やかな宮廷女房もいずれは年老いるし、やがて落ちぶれてもいく。なのになお保つ、あの気概。あれが夜への不安が垣間見《かいまみ》させた幻ではなかったというのなら、もっと近くで、昼の光のもとで確かめてみたい。

馬鹿げた欲求だとあきれる一方で、美女の噂を聞き、柴垣《しばがき》の隙間から彼女の姿を覗《のぞ》こうとする貴公子はこんな心情だったかと想像する。こういう楽しみもあるから、物語を夢想するのはやめられない。

やがて、牛車は目的地にたどり着いた。ここですと牛飼い童に告げられ、香子はあの夜のように袿《うちき》の裾を上げて降車する。

昼の日中で隈《くま》なくあたりを見廻せば、さほど寂れた場所でもない。それなりに家屋は建ち並んでいる。ただし、清少納言の家は昼間、改めて見てもやはり荒れていて、本当に空き家ではないのかと疑いたくなるほどだった。

人目もないので香子も大胆になって、壊れた塀に貼りついて中を覗きこむ。牛飼い童や従者はあきれていたが、あえて何も言わない。

露骨に怪しい行動をする香子に、誰かが声をかけてきた。

「そこで何をしておられるのかな？」

ぎょっとして振り返ると、立烏帽子《たてえぼし》に狩衣《かりぎぬ》姿の男が、いかにも不審そうに香子をじろじろと見ている。この家の者かと思い、香子は咄嗟《とっさ》に名を名乗ろうとしたが――まさか、ここで紫式部でございとは言えない。

「え、越前《えちぜん》と申します」

そう呼ばれていたかもしれない架空の女房名が、口をついて出てきた。それでも相手は警戒を解かないので、仕方なく苦しい言い訳を並べ立てる。

「こちらが、かの高名な清少納言さまのお邸《やしき》だとうかがいまして……。そうと知るや、矢も盾もたまらず、はしたないことと思いながら、気がつけばこうして垣間見を……。ええ、そうなのです。わたし、『枕草子』を読みました！」

何を言っているのだろう自分は、と思いながら、香子は破れかぶれになって声を張りあげた。

「あの名著を、それはもう、何度も何度も。おかげで少納言さまの文章にすっかり魅了されてしまい、そのご尊顔を拝し、皇后さまの思い出話などをぜひにもお聞かせ願いたいと、そう渇望するようになりました。華やかなりし昔日の宮廷を夢想するあまり、昼夜の区別もつかなくなる始末。まるで恋の病にも似たこの有様を鎮めるには、もはや少納言さまにおすがりするしかないと、恥を忍んでこちらに参った次第でございます」

家に押しかけてくるほどの熱烈な愛読者。咄嗟にそんな設定を作りあげ、香子はとにかくまくし立てた。さすがに相手は引き気味になり、うさんくさそうに顔をしかめる。

「妹は尼になった。いまさら昔の話をする気もあるまい」

彼は清少納言の兄だったのだ。ならば、身内を褒めちぎれば、態度をやわらげてくれるかもしれないと望みを繋《つな》ぎ、香子はここぞとばかりに言いつのる。

「尼になられたのですか。さすがは高潔なる少納言さま。俗世を捨て、皇后さまの菩提《ぼだい》をひたすら弔っておいでなのですね。なんと潔い生きざまでありましょう。どうか、その仁愛の徳でこの迷える者を導いてくださいませ。わたくしが寝ても醒めても少納言さまや皇后さまのことばかり語るので、家族もあきれ果て、『いい加減にせよ。書はすべて焼き捨てるのだ。でなければ離縁だ』などと脅してきます。離縁をされては、わたくしのような者は長くも生きられますまい。思い切るしか道はないのですが、その前に今《こん》生《じよう》の思い出として、一度でいいから少納言さまにお会いしたいのです。どうか、どうか、ひと助けだと思って――」

両手を合わせて懸命に祈り倒す。必死の訴えに、とうとう相手は根負けした。

「わかった、わかった。こういう者が来ていると、とりあえず妹には伝えよう。それで駄目だと言われたら、あきらめてくれ」

「あの、では、『駿馬《しゅんめ》の骨を買わせていただきたい』とお伝えくださいまし」

意味がわからなかったらしく、男はぽかんとした顔になった。

「駿馬の骨？」

「はい。少納言さまなら、それでわかってくださるはずです」

少納言の兄でも漢籍の知識は持ち合わせていなかったのだろう、男は首をひねりながら家に入り、しばらくして意外そうな顔で戻ってきた。

「珍しい。妹が会うそうだ」

香子はその場で跳ね飛んで喜んだ。すぐにハッとしたが、熱狂的な読者ならばこれくらい感情をほとばしらせてもおかしくあるまいと思い直して、もうひと飛びする。

牛飼い童と従者を振り返り、「行ってくるわ。ここでしばらく待っていてね」と頼むと、彼らは口々に、

「いってらっしゃいませ」

「どうぞ、お気をつけて」

内心、あきれているだろうに、そんなことをおくびにも出さずに見送ってくれた。

うまくいったと喜ぶのが半分、それでこれからどうする気かと戦《おのの》くのが半分。案じていても仕方がない、あとは出た先で勝負だと腹をくって、香子は荒れ屋の中へと進む。

通されたのは庭に面した簀子縁の端だった。

ここで待っておれ、と告げて少納言の兄は消え、香子はひとり、その場に残された。円座《わろうだ》もなく、床にぺたんと直接すわりこんで、香子は庭へと目を向けた。枯れ草が目立つ庭には、梅の木が一本、植えられていた。まだ蕾《つぼみ》もつけてはいないが、枝ぶりだけでも不思議に味わいがある。

花が咲いたときの光景を想像しつつ、ぼんやりと梅の木を眺めていると、だん、だん、だん、と豪快な足音が聞こえてきた。来るわよ、来るわよと待ち構えていると、御簾《みす》がばさりとはねのけられて、清少納言が姿を現した。

えっ、と一瞬、香子は目を疑った。

無礼な公達たちを怒鳴りつけた際の少納言は、身にまとった袿も袴《はかま》も白く、色みのあるものを一切、拒んだその姿は、深山に籠もって修行する修験者をも思わせた。

だが、今日の彼女は、袴は白でも青鈍色《あおにびいろ》（青みがかった灰色）の袿の下に梔子色《くちなしいろ》（梔子の実で染めた黄色）の衣を重ねている。白髪こそ多かったものの、近くで見た顔は意外に若々しくて、染みも皺《しわ》もない。眼光は鋭くとも、鬼の形相とまではいかない。これならば〈鬼のごとき女法師〉ではなく、〈四十歳、宮仕えを引退した初老の尼君〉で充分、通る。

なんとなくホッとする香子をまっすぐに見据え、少納言が歯切れのよい口調で言った。

「燕王《えんおう》はこちらに？」

『戦国策』の逸話を踏まえた問いかけに、香子はつい笑ってしまい、急いで表情を引きしめた。

「はい。駿馬の骨を得に」

少納言は肩先を軽く揺すり、微かに色づいた唇の片端を上げた。

「あの夜のことを誰かから聞いたのね」

「いえ、この目と耳で直接、見聞きしておりました。偶然、あの場にいて、無礼な公達たちを一喝されたお姿に強い感銘を受けてしまったのです」

「それで、わたしと話をしたくなったの？」

「はい。『枕草子』も読みました。そのお話もぜひしたくて」

少納言は頭をのけぞらせ、あははははと笑った。

「あなた、変わっているわね」

「そうでしょうか？」

初対面の相手の前で豪快に笑うあなたのほうが——とは思ったが、もちろん、香子はそこまでは言わない。

「あなた、どなたかにお仕えしているの？」

香子の身なりやしぐさから、どこぞの女房と当たりをつけたのだろう。少納言はそう訊いてきた。

ここで中宮彰子の女房だと明かしたら、即座に外へ叩《たた》き出されかねない。香子は用心して虚偽の申告をした。

「宮中で弘徽殿の女御さまにお仕えしております」

今上帝の後宮には、中宮彰子以外にも妃がいる。弘徽殿の女御と呼ばれる藤原義子《よしこ》、承香殿《しょうきょうでん》の女御と呼ばれる藤原元子《もとこ》、暗部屋《くらべや》の女御と呼ばれる藤原尊子《たかこ》などが、その主な顔ぶれだ。

いずれも、名だたる公卿《くぎょう》の娘。しかし、彼女らは入内してもう十年近く経《た》つのに、子はいない。

厳密に言えば、藤原元子に関しては、九年前に懐妊の兆しが見えた。その頃は定子が産んだ第一皇女がいるのみ。待望の皇子の誕生かと大いにもてはやされた。

身重のため、後宮から実家に向けて退出する元子の一行を見物しようと、藤原義子の女房たちが御簾に殺到した。女房たちに押されて内から膨れあがった御簾を見て、元子側の女童が「あちらは御簾ばかりが孕んでおりますのね」と厭《いや》みを言ったとか。

だが、子は産まれず、体内から出てきたのは水ばかり。妊娠ではなく何かの間違いだったのだ。

以来、元子は実家に籠もりがちになり、後宮にはほとんど戻ってこなくなった。

誰しもが一族郎党の大きな期待を背負って入内してくる。夢が叶《かな》う者がいれば、叶わずに失意に打ちひしがれる者もいる。こればかりは運を天にまかすしかない。

「弘徽殿の。懐かしいわね。あちらはいかが？」

「女御さまにおかれましては、つつがなくお過ごしでございます。何事もなさすぎて、『枕草子』を読んで思い描いていた後宮とはいささか違う気が……」

「それで、いまの後宮が物足りないから、昔の後宮の話を聞きたくなったと？」

「はい……。仕える者にあるまじき不敬なこととは存じますが」

「不敬だとは思わないけれど、やっぱり変なひとだわね」

変であることは百も承知。それでも、他人に指摘されたくない。ましてや二度も。さすがにムッとしてしまい、それがそのまま顔に出る。しまったと思ったが、少納言は構わず、袿の裾をさばいて、簀子縁にさっとすわった。

「いいわよ。わたしは昔の、わたしの知っている後宮を語りましょう。その代わり、あなたはわたしの知らない、いまの後宮を語ってくださる？」

「いまのと申されましても、弘徽殿はいたって静かなもので、話す種もなく……」

「彰子さまがおわします藤壺が近いじゃないの。あちらの話でもいいわ。なんでも、大臣が彰子さまの御進講役に、あの『源氏物語』の作者を据えたのですって？」

香子は危うく息を詰まらせそうになった。が、なんとかこらえて、うなずく。

「は、はい」

「作者のかたは大臣の要請を受けて物語の続きを執筆しているとか」

「はい……。かなり苦吟しているようですが……」

「物語を餌に主上を釣ろうという魂胆ね」

「主上を釣るだなんて、そんな」

「誰の目にもわかることでしょうに」

そんなに誰の目にもわかるのかと、香子はげんなりしてしまった。こうなると事前に知っていたなら、なんとしても宮仕えを断ったのにと、どんどん憂鬱になっていく。

（いいえ、いまは落ちこんでいる場合ではないわ。これは絶好の機会なのですもの。ここに来た目的を果たさないと）

そう自分に言い聞かせ、香子は気持ちを奮い立たせて少納言に向き合った。

「——先達の赤染衛門さまと夜ごと語らい、物語の続きを模索しているようですわ。わたしのように凡庸な者には物語を書く苦労などわかりかねますが、きっと相当につらいものがおありなのでしょう」

「でしょうね。わたしも物語は書きませんけれど、よりよき文章をつづろうとする苦心はわからなくもないわ」

そうなのよ、苦心しているのよと思いつつ、香子はうんうんとうなずいた。そこまで

はよかったのだが、

「だけれども、〈帚木《ははきぎ》〉の巻は冗長だったわね」

「はあ？」

ばっさりと言われ、カチンと来る。

それもそのはず、〈帚木〉は『源氏物語』の帖名《じょうめい》のひとつ。その中で、光源氏は雨の降る夜の宿直《とのい》の折、頭中将を含める数人と理想の女性について語り合う。〈雨夜の品定め〉と呼ばれる一場面だ。

少納言はさらに続けた。

「雨夜の品定めがだらだらと長すぎるのよ。拝聴すべき意見もあるけれど、そうでないものも混じっていて、読んでいると苦痛。あれはもっと整理して書くべきだったわ」

「そ、そうですか？　わたしは、そんなふうには、全然……」

「それに、中流の出にこそ思いがけなく素晴らしい女人がいる、とかなんとか力説されているけれど、あれって要するに、登場人物の口を借りて自分のことを持ちあげているのよね。露骨だわぁ」

少納言はふふっと鼻で笑ってくれた。香子は顔を真っ赤にして叫ぶように言った。

「『源氏物語』のことより、定子さまの思い出話のほうをお願いします！」

「ええ、よくてよ」

少納言はあっさりと応じ、話題を自身の体験談に切り替えてくれた。

「そうね。どこから語ればいいかしら。いまでもよく思い出すのは、宮に初めてお仕えしたときのことよね――」

定子の父・道隆が健在で、その威光に遠慮をし、他の貴族たちが娘を入内させるのを控えていた時期。その頃、定子は中宮の地位にあり、宮と呼ばれていた。

のちに、道長は入内させた彰子を中宮の地位に置きたいがため、定子を皇后に、彰子を中宮にするという一帝二后をごり押しする。そもそも皇后の異名が中宮であり、いわば皇后がふたりいるという異常事態が発生したのだ。

もっとも、そのときの定子は、兄の失脚に心が折れ、一度、出家をした身。尼となった定子が妃でいられるはずもないのに、帝が愛着ゆえに彼女を宮中に引き止めた。

これには、いかがなものかと難色を示す貴族も多く、道長がつけこむ隙もできた。彼の息がかかった学者の、「仏道に仕える身が神事に奉仕することはできない。皇后としての神事に携われないのであれば、別のかたが皇后に立つべきではないか」との主張が通ったのだ。

そんな殺伐とした政治の駆け引きにはまったく触れず、少納言はひたすら定子の素晴らしさを謳《うた》った。

「こんなに美しいかたがこの世にいらっしゃるなんてと、本当に驚かされたものだったわ。姿かたちが優れているばかりか、お優しくて、宮仕えに不慣れでおびえる新参のわたしに、『この絵でも見ない？』と差し出されて。袖からちらりと出た宮の指先の、白い肌はほんのりと薄紅梅色に染まっていて――」

それはすでに『枕草子』に記録された場面だったが、当事者から直接、聞く話はまた格別で、その日の肌寒さ、室内に置かれた炭櫃《すびつ》の灰の香り、このときはまだ長かった定子の髪のつやめきまでもが再現されるかのようだった。

定子の母は高階貴子《たかしなのたかこ》。美貌の歌人で、『伊勢《いせ》物語』の主人公と目された貴公子、在原業平《わらのなりひら》の血脈だ。神聖な巫女姫《みこひめ》である伊勢の斎宮《さいぐう》が業平と密通し、ふたりの間に生まれた子が高階家に引き取られたのである。きっと定子も母の貴子譲り、業平譲りの美しさをたたえていたに違いない。

次に語られたのは、少納言が別れた夫と宮中で再会したときの話で、さぞや気まずくなるかと思いきや、あたかも兄妹《きょうだい》のように、親しくもさっぱりとしたつきあいができたという内容だった。恋物語には転用できなくとも、これはこれで興味深く、

（そうよね。源氏の君にも、こういった色恋抜きで長くつきあえる女君《おんなぎみ》がいたほうが、話も展開させやすくなるわよね）

と考え、参考までに頭の片隅に書き留めておく。

少納言の宮仕えは七、八年に及んだ。憂いのまったくなかった日々から凋落《ちょうらく》、定子

の逝去に至るまで、彼女はすべてをまのあたりにしてきたのだ。

しかし、過ぎし過去を語る少納言のまなざしはきらきらと輝いて、お気に入りの物語について熱弁する少女のよう。女房時代の彼女もこんなふうに生き生きと御所での日々を送っていたのでしょうねと、香子も場面のひとつひとつを絵巻物のように心に思い描く。

話は尽きない様子だったが、さすがに少納言もくたびれたのか、「これくらいにしましょうか」と言われて、香子も了承した。

「思いのほか、楽しかったわ。またいらっしゃいな、越前さん」

偽名で呼びかけられたときは、よっぽど「実は……」と真実を明かそうか迷ったが、結局、言えないままで少納言と別れた。あの雨夜の品定めへの辛口評がなければ名乗れたかもしれないと思うと、複雑な心境だった。けれども、「また」と少納言が言ってくれたことは素直にありがたかった。

牛飼い童と従者は、退屈そうに地面にしゃがみこんで香子を待っていた。

「やっと戻られましたか」

従者は心底安堵《あんど》したように言い、牛飼い童からも「鬼の女法師に食べられたかと思っておりました」などと冗談を言われて、香子は苦笑した。

「ごめんなさいね。つい話しこんでしまって。では、参りましょうか」

香子が乗りこむや、牛車はゆっくりと動き出した。

牛飼い童は車を牽く牛に付き添いながら、ちらちらと振り返り、「それで、鬼の女法師はいかがでしたか?」と話を聞きたがった。そんな気安い口を利くものではないと、従者が彼を叱ったが、香子はむしろ喜んで質問に答えた。

「昼間、会ってみれば、もちろん鬼などではありませんでしたよ。それどころか、とても博識な尼君で、形式にこだわらない自由なところがおありで、機転も利いて、闊達《かったつ》で。まあ、いささか遠慮が足りない気もしましたけれどね」

遠慮が足りないどころか――

そう思ったのが呼び水となり、少納言の『源氏物語』評が記憶に甦《よみがえ》ってくる。冗長だとか、だらだらと長すぎるだとか、露骨だとか。そう口にしたときに少納言が浮かべた冷笑も含めて。

途端に、香子はふつふつと怒りが再燃してくるのを感じた。そうなると、もう黙ってもいられず、舌鋒《ぜっぽう》鋭く吼《ほ》え始める。

「悪気はないかもしれませんわね。ええ、どんなふうに思おうと、ひとそれぞれですもの。感じかたが違って当たり前なのですわ。けれどもね、悪気がなければ何を言ってもいいわけではありませんし、そもそも、他人のことをあれこれ言うひとは、自分も批判にさらされる覚悟をしなくてはならないのですよ。あのかたは、そこをちゃんとわかっているのかしら。いいえ、きっと、わかってないわね。利口ぶって漢字を書き散らしたりしているけれど、よくよく見れば間違いも多いし。自分は人並み以上に優れていると信じこんで、どうでもいいことにまで、いちいち風流ぶっているひとは、いっときはよくても、いつしかろくでもないことになっていくのだわ。ああ、怖い。『他山の石以《もっ》て玉を攻《おさ》むべし』、ああいう自意識過剰なひとをこそ、なってはいけない見本、他山の石としなくてはね。いえ、あれは石どころか巨岩だわ、巨岩」

少納言に面と向かってそう言ってやればよかったと、香子は少なからず後悔した。言えなかった分、あとでどこかに書き留めておこうと心に決める。

香子の剣幕に従者たちはおそれをなして首をすくめていたが、牛飼い童は「楽しそうでよかったですね」と明るく言った。

「楽しそう？　そう聞こえて？」

「ええ。お声が弾んでおられますもの」

「あら、そうだったかしら……」

香子は口もとに広袖を当て、こふんこふんと咳《せき》ばらいをした。

――腹が立つような無礼なことも言われたが、有意義な意見もあるにはあった。認めたくはないが、来た甲斐《かい》はまぎれもなくあったのだ。

いちばんの収穫は、少納言の中にいまも生きる皇后定子像を垣間見られたことだろう。

思い出として補正されている向きもあるには違いないが、定子はまぶしいほどに美しい、完璧な貴婦人だった。

もっとも、そういう人物だったからこそ、彼女がたどった運命の残酷さが際立ちもする。父に死なれ、兄も失脚し、帝の愛情のみをよすがに生きた定子は、途方もなく大きな不安と闘っていたはずだ。少納言もそうと理解したうえで、あえて華やかな後宮を書き残したのだろう。

（そうよね。正妻の葵の上も、高貴な六条の御息所も、平静を装いつつ胸の内には暗い懊悩《おうのう》を抱えていたはずなのよ。身分が足枷《あしかせ》となって、本当の気持ちを相手に伝えられないということはあるのだと思うわ。それなのに、源氏の君は彼女たちの憂いに気づかず、ひたすら幻の恋人を追い続けている。わからせてさしあげるには……。でもきっと、それがわかったときには葵の上も御息所も……）

ぎしぎしと牛車が軋《きし》む。その音も揺れも香子の夢想を妨げるものではなく、逆により思索を深める助けとなっていた。

香子が実家ですごした時間は短かった。持ち出し損ねていた書籍に、護符や小さな仏像を加えて荷を作ると、彼女はすぐに後宮へ戻っていった。

正直、少納言と話してからは、護符などはいらないのではないかという気もしていた。定子の明るい性格はよくわかったし、そんな彼女が霊鬼として後宮をさまようことに違和感を持ったのだ。

（やっぱり、あれは生きている誰かが昔の恋だとか、そういったつらい出来事を思い出し、こっそりと泣いていただけだったのよ）

そうは結論づけたものの、頭中将の頼定が「御所には鬼が出るのだよ。哀しい鬼がね」と言ったのも気になり、結局、護符等は持ちこむことにした。彰子に漢籍を教えたあと、執筆をするとなるとどうしても夜も遅くなるし、そういうときに身守りがあると心強い。

藤壺の同僚女房たちは早々に再出仕してきた香子を見るや、

「あら、もうこちらに戻っていらしたの？」

言外に『だったら、こんなに頻繁に宿下がりする必要もなかったのでは？』と匂わせてきた。香子が特別扱いされているのが面白くないのだろう。へたに同僚と揉《も》めたくなかったので、

「はい。足りない書籍を取りに戻っただけでしたので」

建前として用意していた理由を告げたところで、香子はふと思いつき「実は……」と付け加えた。

「夜中に少し奇妙なことがありまして……。でも、きっとわたくしの気のせいですわね」

ちゃんと否定しておいたのに、女房たちは急にそわそわとし始め、

「奇妙なこと？」

「それはどんなことかしら？」

と食いついてくる。香子はわざとらしくならないように気をつけながら、困惑の表情を浮かべてみせた。

「夜中に、どこからともなく女人のすすり泣きが聞こえた気がしまして……。きっと夢か、夜風の聞き間違いだと思いますが、それにしても気味が悪いので、家から尊勝陀羅尼の護符を持ってまいった次第にございます」

厭みのお返しに相手を怖がらせてやろうとしたのだ。狙い通りに、女房たちは不安げな視線を交わし合う。

「そうなの……、あなたもあれを聞いたのね」

「あれとは？」

「すすり泣きよ。わたくしもね、いつだったか、夜中にそれで目が醒めて。おそろしくて、おそろしくて、すぐに夜具を頭からかぶって寝直しましたけれどね」

別の女房も言う。

「わたくしは弘徽殿の近くをすっと横切っていく人影を見たの。頭からつま先までもが真っ白で、なんとなくだけれど女人の影だった気がしたわ」

「登花殿《とうかでん》のほうでも、怪しい人影が出たんですって」

「そうなの、そうなの。庭の茂みに白い影が立っていて、声をかけたらすっと消えた、なんて話も聞いたわね」

「全身が真っ白だなんて、それはもう物の怪《もののけ》以外に考えられないでしょう？」

ひとりが口火を切ると、御所での怪奇な体験譚《たん》が次々に語られていく。おびえながらも、彼女らの話しぶりからは恐怖だけではない熱意が感じられ、みんなよっぽど怖い話が好きなのねと、香子は少々あきれてしまった。

「昔から、御所ではいろいろと不思議なことが起こりがちですけれど、この頃のすすり泣きや白い人影は皇后定子さまの霊鬼に違いないと、もっぱらの噂なのよ」

女房のひとりが言うと、他の者もうんうんと首を縦に振った。女房たちの間でも定子の霊だとみなされていたと知り、驚いているのは香子だけだ。

「本当に皇后さまの霊鬼なのですか？」

「わからないけれど、そうじゃないかって。でも、それを言うと衛門さんが火を噴かんばかりに怒るから、あのかたの前でこの話はしないほうがいいわよ」

「衛門さまが怒る？」

「そうなの。皇后さまが身罷られたのは何年も前なのだから、いまになって霊鬼が出るのは理屈に合わないのですって。霊に理屈が通じるわけでもないのにねえ」

他の女房たちもくすくす笑いながら「あのかたは頭が固いから」と口々に言う。そこは香子も否定できない。

噂をすれば影が差す。女房たちが赤染衛門のことを皮肉っていると、当の衛門が見慣れぬ女房を伴って現れた。

「あらまあ、楽しそうね。なんのお話をしていたの？」

正直に答えるわけにはいかず、女房たちは「いいえ、式部さんのお戻りをみなで喜んでいただけですわ」と苦しい言い訳をしてはぐらかした。香子も彼女たちに調子を合わせ、にこにこと笑って場を取り繕う。

「かような新参者を温かく受け容れてくださって、藤壺の女房がたには本当にありがたく思っております」

衛門は満足げにうなずいた。

「ならばよかったこと。また宿下がりをしたくなったら、そのときは遠慮なくね。物語を執筆するためには、環境をこまめに変えることも必要ですから」

何かにつけ、物語の続きの催促をされる。これも先達としての仕事のうちなのだから、香子も衛門を恨むわけにはいかず、「ありがとうございます」と慎《つつ》ましやかに応じておく。

「ところで、こちらが――」

衛門は連れてきた三十歳くらいの女房を振り返り、香子たちに紹介した。

「今日から加わる新しい女房の和泉《いずみ》式部です。わたくしの夫の兄の娘、つまり姪《めい》なのですよ。どうか仲良くしてあげてね」

衛門の親戚すじになる新参の女房――和泉式部は、あえかな笑みを浮かべて一礼した。

香子を含めた女房たちの間に小さな動揺が走ったのは、和泉式部の名がすでに広く知れ渡っていたためだった。


中宮彰子に漢籍を教え、香子が自分の局に戻ったのは夜もふけてからだった。

本当はすぐにも横になりたいところを、「今日、閃《ひらめ》いたものを書き留めておかないと」と文机に向かい、紙を広げる。

迷ってばかりでなく、いいかげん書き出さないと。待っているひとがいるのだから。

そう自分に言い聞かせながら墨を磨《す》っていると、御簾のむこうにひとの気配がするとともに声をかけられた。

「夜分遅くに申し訳ありません。少しよろしいかしら？」

和泉式部だった。香子は本気で驚いた。

これが彼女でなかったら、今夜はごめんなさいねと断れただろうが、そうもいかず、香子はあわてふためきながら和泉を局に招き入れた。

さらさらと衣《きぬ》ずれの音をさせて入室してきた和泉は、興味深そうに部屋の中を見廻した。

「まあ、本がいっぱい……」

隣の空き部屋を書庫に使っているのに、それでは足りず、こちらの局も書籍が山のごとく積みあがっている。狭苦しくて申し訳ありません、と恥ずかしがる香子に、

「中宮さまの御進講役なのですもの。書籍が多くなるのは致しかたありませんわ。さすが、〈日本紀《にほんぎ》の御局《みつぼね》〉と呼ばれるだけのことはありますわね」

ねぎらってくれたが、そのあだ名は香子の耳に痛かった。学才があることをいかにも誇っているようで、これでは少納言を笑えないと自己嫌悪に陥る。

和泉はそんな香子にしばし目を向け、

「物語はよいですわよね。その世界に入りこんでいると夢中になって、ひとの世の苦しさ悲しさから、しばしの間とはいえ遠ざかることができて……。わたくしも、だから、あなたの物語の続きを楽しみに待っておりますのよ」

そう言って淡く微笑んだ。

容貌に派手さ華やかさは乏しく、髪もさほど量がなく、絶世の美人とまでは言えないかもしれない。けれども、小柄でたおやかで、こちらを見ているようで見ていない切れ長の目、常に口角の上がった薄い唇には、なんともいえない風情がある。

(どこかで見たようなお顔立ち……)

そんな気がして、香子はしばらく考え、ようやく答えを引き出せた。

(そうだわ。昔、参詣した古刹《こさつ》の観音像《かんのん》にどこかしら似ているのだわ。見ているようで見ていない。見ていないようで見ている。誰をも拒まず、すべて受け容れてくれるけれど、このひと自身は誰にも執着していない。そんな印象が……)

――夫が和泉守《いずみのかみ》で、父親が式部丞《しきぶのじよう》だったため、女房名は和泉式部。

彼女は優れた歌詠みであり、彰子の女房として採用されたのも、その歌才を買われたがために違いなかった。しかし、和泉式部が世間に知られる理由はそれだけではない。

恋多き女として、ひとびとの耳目を集めていたのだ。

和泉式部は夫のいる身でありながら、冷泉《れいぜい》天皇の皇子であり、現東宮の同母弟である為尊《ためたか》親王に求愛され、彼の恋人となる。奔放な為尊は受領《ずりよう》の妻に過ぎない和泉を人目もはばからずに寵愛し、ふたりの身分違いの恋は都中の話題をさらった。

ところが、為尊は流行り病にかかり、二十六歳の若さで死去。巷《ちまた》では疫病が流行っておりますから、夜歩きは控えられてはと周囲が止めたのに、その忠告も聞かずに忍び歩きを続けた結果だと、ひとびとは噂した。

和泉の夫もこの頃、彼女のもとを去ったらしい。

すると、今度は為尊の四歳下の弟・敦道《あつみち》親王が、「亡き兄の思い出を語り合いたい」と称して和泉に接近。そうして歌をとり交わしていくうちに、ふたりは深い関係となる。

（そういえば、彼女と敦道親王さまが牛車に相乗りされて、賀茂《かも》の祭りを見物されたときも、まわりは行列そっちのけで、おふたりの牛車のほうに注目していたんだったわ）

そんな話を、世情にうとい香子でも思い出すことができた。

とにかく、和泉式部はもてた。

七月になると、七夕《たなばた》になぞらえ、織姫がどうの彦星《ひこぼし》がこうのと詠んだ恋文が、和泉宛てにあちこちから届くほどに。和泉は敦道からの文をこそ待っていたのだが、世間はそうは思わない。

敦道は恋の噂の絶えない和泉を独占したいと願うようになり、彼女を強引に連れ出して自分の邸に住まわせる。同居していた敦道の正妻は悲嘆に暮れ、とうとう実家に帰ってしまう。これで噂にならないわけがない。

そんな敦道との恋愛もやがて終わりを迎える。敦道もまた兄と同じように病にかかり、二十七歳ではかなくなったのだ。

（兄弟双方から熱烈に愛されたのに、その両方と死別。そんなかたもこの世にはいるものなのね……）

清少納言に和泉式部。どちらも異才の女房だが、和泉はもはや異次元の存在と言ってもいい。そんな彼女がどうして自分の局にいるのだろうと香子が奇異に感じていると、

「叔母上《おばうえ》、いいえ、衛門さまに言われましたの。紫さんは恋物語の執筆に苦心しておられるから、創作意欲が刺激されるように、あなたの恋の話をしてさしあげて、と」

「和泉さんの恋の話……」

願ってもない申し出に、香子は居住まいを正して食い気味に言った。

「聞きます。聞かせていただきます」

和泉は品よく笑って、香子にとってはいささか刺激の強い話——牛車の中で恋人と睦《むつ》み合ったとか——を披露してくれた。

赤裸々ではあっても、いやらしくはない。ひたすら淡々としていて、なぜか自慢話に聞こえない。ただただ静かにうち微笑む和泉の姿には、どこか達観めいたものまで感じられる。

彼女を愛した男が不安をおぼえ、なんとかして恋人を繋ぎとめようとあがくのも無理はなかった。

（これはもてるわ……）

と、香子も感嘆せずにはいられない。

その他にも物語の参考にもなりそうな恋の思い出をいくつか語って聞かせてくれてから、和泉は退室していった。

局には、和泉の残り香がほのかに香っていた。有意義な時間を持てたことに感謝するやら、恋の達人にただただ圧倒されて脱力するやらで、香子はぼんやりと天井を仰ぎ、

（和泉さんに恋したふたりの親王さまは、どんなお気持ちだったのかしら。きっと、いくら愛しても、いっこうに捉えどころのないあのかたに魅せられて、底知れぬ恋の闇へと沈んでいかれたのね……）

と、さらに想像を膨らませる。

（甲乙つけがたいほど素晴らしい、ふたりの貴公子から同時に愛される女君の物語なんてものも、いつかは書いてみたいかも。いえ、その前に源氏の君の物語だわ。いえいえ、その前に、今夜はもう寝ましょう。寝るのも大事だわよ）

昼間に清少納言、夜に和泉式部はさすがに疲れた。今日はもうおしまいと見切りをつけ、磨りかけの墨を片づけて、さっさと褥にもぐりこむ。

幸いにして、その夜はすすり泣きも聞こえてこず、ましてや白い人影を見ることもなく、香子は安心して熟睡できた。物語の筆が軽快に走り出したのは、翌日からのことであった。

三　物語は続く

宮仕えにあがってふた月ほどのち、香子《かおりこ》は中断していた『源氏《げんじ》物語』の続きを上梓《じょうし》した。

物語の中の季節は新緑の五月——源氏の正妻、葵《あおい》の上《うえ》が懐妊する。六条《ろくじょう》の御息所《みやすどころ》はそれを知って、もう源氏への恋情を断ちたい、いっそ伊勢《いせ》の斎宮《さいぐう》に選定された娘に付き添い、都を去ってしまおうかと思い惑う。

そんな折、賀茂《かも》の祭りが始まる。賀茂神社へと向かう朝廷の使者として源氏の君が選ばれ、その華やかな行列を見物しようと、多くのひとびとが通りに押し寄せる。妊娠中の葵の上も、夫の晴れ姿を見ようと女房たちとともに牛車《ぎっしゃ》に乗って出かける。六条の御息所も同じ目的で、牛車で秘《ひそ》かに現地を訪れていた。

ふたりの牛車は行列見物で混雑する場で鉢合わせし、車を停《と》める場所をめぐって、互いの従者たちが乱闘となる。正妻と愛人の争いだと、まわりの野次馬たちも大騒ぎ。

結果、六条の牛車が隅に追いやられ、繊細な六条はこのことで深く傷つき、葵の上への恨みつらみをつのらせていく。

やがて、葵の上が産気づき、難産に苦しむ彼女に六条の生霊《いきりょう》がとり憑《つ》く。六条の生霊に恨み言を言われた源氏は、恐怖に戦《おのの》く。

子はどうにか無事に産まれたものの、葵の上はその後、命を落としてしまう——

間が空いていたこともあり、読者に物語がどう受け止められるか、香子はかなり不安視していた。物語を公開する前に下読みしてくれた赤染衛門《あかぞめえもん》は「そんなに案じることはありませんよ。大丈夫」と背中を押してくれたし、香子も自信はそれなりにあったが、これぱっかりは世に出してみないとわからない。

結果、大好評であった。

彰子《あきこ》も倫子《ともこ》も同僚の女房たちも、「祭礼の場での大乱闘という激しい展開にはらはらした」、「六条の御息所の生霊がおそろしかった」、「亡くなった葵の上がお気の毒でならない」と、興奮気味に言ってくれた。

読者の感情を震わせることができたのなら、書き手としてこれにまさる喜びはない。苦心した甲斐《かい》があったと、香子も胸を熱くした。

道長《みちなが》も衛門とともにこっそりと香子のもとを訪れ、直接、感想を述べてくれた。

「わたしも読んだよ、式部。激動の〈葵〉の巻を。期待以上の出来映えだったね」

「お褒めのお言葉、ありがたく存じます」

控えめに頭を下げる香子よりも、同席する衛門のほうが誇らしげだったかもしれない。遠慮をして言葉少なになる香子に代わり、衛門は「大臣《おとど》はどの場面がお気に召されました？」と問いかけ、道長も嬉々《きき》として応じる。

「そうだな。車争いもよかったが、やはり、六条の御息所の生霊かな。出産の際には多くの物《もの》の怪《け》が現れて障りを起こすと、かねがね聞いていたけれども、まさか愛人の生霊が降臨するとはね。生霊が葵の上の口を借り、『苦しいので加持祈禱《かじきとう》を止めていただきたいのです……』と訴えてきたときには、読む手が震えたとも」

この時代の出産時には、障りを引き起こす物の怪対策のため、僧侶を呼んでの祓《はら》いの加持祈禱が行われていた。それほどまでに出産で落命する母や子が多かったのだ。

妊婦の苦しむ声に、僧侶の読経《どきょう》、霊をその身に憑依《ひょうい》させた憑坐《よりまし》が放つ奇声も重なり、現場はいっそう、混迷の様相を帯びることとなる。

そのようなときに六条の御息所の生霊が現れ、源氏に恨み言を言う。彼女につれなくした自覚がある源氏は、生きた心地もなかっただろう。

「つくづく、女人《にょにん》の恨みは買うものではないと思ったよ」

この時代の貴族の常として、道長にも倫子以外に複数の妻がいる。どの口がおっしゃるのやらと香子は内心、あきれたが、表には出さない。

「この前にも、夕顔《ゆうがお》の君が源氏とともに宿をとった廃院で物の怪にとり殺される話があったが、今度は生霊とはね。もしかして、夕顔を殺《あや》めたのも実は六条の生霊だったりするのかな？　そうは書かれていなかったが」

「さあ、それは読むかたがたの想像にお任せしますわ」

断定しないほうが怖さも増すだろうと計算し、香子はにっこりと微笑《ほほえ》んでみせた。道長は大袈裟《おおげさ》に身を震わせる。

「おお、怖い怖い」

怖がっている割に、彼も楽しそうだ。そのおどけたしぐさに衛門も笑う。

やはり、どなたも怖い話がお好きなのねと香子は改めて思った。自分に直接、害が及ばない限りは、怖い話、危ない話は、膠着《こうちゃく》した日常を揺さぶるいい刺激になるのだろう。もっとも、その刺激も過ぎれば精神に悪影響をもたらしかねないので、加減も大事だが。

「とはいえ、いちばんよかったのは後半だな」

道長は悪だくみを共有するかのような目をして言った。

「源氏がついに、あの若紫《わかむらさき》と新枕《にいまくら》を交わしたのだからね」

出逢《であ》いの当時は十歳の少女だった若紫も、十四歳になった。平安時代では成人と見做《みな》され、結婚も可能な年齢だ。

それまで、父代わりと思って若紫に普通に添い寝をしていた源氏だが、とうとう一線を越える。驚愕《きょうがく》した若紫は翌朝、褥《しとね》から起きてこない。源氏が書いた歌にも、返歌をしない。口もきかない。

しかし、源氏はそんな若紫をかわいらしく思い、その日、御帳台《みちょうだい》の中で一日中、彼女を愛《いと》おしむ。

その夜、季節の亥《い》の子餅《こもち》が用意されたのを、源氏は「この餅をこんなに仰々しくせず、明日の夕方にさしあげよ」と命じる。いわゆる三日夜《みかよ》——男が女のもとに三日連続して通えば結婚成立、三日目の夜には三日夜餅《みかよのもちい》を食すという習わしに則《のっと》って、若紫を妻としたのだ。

この後も源氏は、ほんの少しの出仕の際にも若紫——紫の上のことが心から離れず、ほかの女人たちを差し置いて、ひたすら彼女のもとに通う。紫の上がいやがろうとも意に介さずに。

「いやがっている様子がまた初々《ういうい》しくて、かわいらしい……と言ったら、女人に嫌われてしまいそうだが、実際そうなのだし、源氏の君のように女人に拒まれた経験の少ないかたには、なおさら新鮮であったろう。このあたり、想像をさらにたくましくする男の読み手も多いはずだ」

香子が返答に困っていると、衛門が「大臣《おとど》」とたしなめるように声をかける。道長は叱られた童《わらわ》のように首をすくめた。

「しかし、あれだ。いずれ紫の上もほだされて、源氏の君と相思相愛になるのであろう？」

「ええ、そうしたいのはやまやまなのですが、きっかけがなかなか……」

香子の口調は苦々しいものとなった。

「衛門さまにはお話ししたのですが、本来なら、源氏の君はもっと自然な形で紫の上と新枕を交わす予定でありました」

「自然な形？」

「はい。いまの形は、どうにも性急に過ぎる気がして。源氏の君を父親代わりに、兄とも慕っていたのに、突然こんなことになって、紫の上の側から見れば裏切られたも同然だったのではないでしょうか」

「だが、そこに愛はあるのだし」

「それは殿方のご意見ですわ」

傍らに控えていた衛門も、「ですわよね」と香子に味方する。ふたりがかりで責められて、道長は不服そうに口を尖《とが》らせた。

「やれやれ。わたしは式部が狙って書いたものと思ったのだけどね」

「わたくしが狙って書いた？」

「ああ。あんなふうに拗《す》ねられては、ますますほうっておけなくなる。拒まれれば拒まれるほど、昼も夜もと求めてしまう。そんな男心をよくわかっているなと感心したのだよ。わたしと初めて逢ったときの式部は十六歳の華麗な乙女、いや、もっと幼い女童《めのわらわ》かと勘違いをしたほどあどけなかったのに、やはり結婚すると女は変わるものだなと……」

「物語にわたくしの結婚は関係ありません！」

道長の勝手な憶測に、香子は顔を朱に染めて吼《ほ》えた。すかさず衛門がひとさし指を立て、しいっ、しいっ、しいっと注意する。道長もいっしょになって指を立て、しいっ、しいっと息を吐く。衛門はともかく、道長に面白がられているのは明らかだった。

別に、物語の感想を聞かせてもらっているだけで、秘密にするような会談でもないのだが、やはり一介の女房の局《つぼね》に左大臣が訪れていると知れると、妙な誤解を生むおそれもある。仕方がないわねと、香子は怒る気力もなくして、ため息をついた。

「まあ、特に仲直りのきっかけを考える必要もないかもしれませんわね。このあと、桐《きり》壺帝《つぼてい》が亡くなられ、後ろ盾を失って苦境に立たされた源氏の君は須磨《すま》に行き――」

源氏と離れている間に紫の上の気持ちもやわらいで、と続けようとすると、

「おっと」

道長は両手で耳をふさいで、かぶりを振った。

「先の展開は言わないでおくれ。わたしも読み手のひとりとして、続きを楽しみにしているのだからね」

彼の愛嬌《あいきょう》のあるしぐさに香子も笑みを誘われ、先ほどの失礼な発言も不問に付すことができた。

（そうね。このかたは、昔から愛嬌だけはあったのだわ……）

二十年前の若かりし頃の道長は、大臣家の姫たる倫子の噂《うわさ》を聞き、覗《のぞ》き見《み》に来ていた。それを倫子の女房だった香子がみつけ、「そこで何をしているのですか！」と恫喝《どうかつ》したのだ。

驚いた道長は逃げ出すどころか、

「いや、こちらに月の光もかくやと思うほど美しい姫君がおいでだとうかがってね。あなたは姫さま付きの女童かな？　ではきっと、月のお付きの星の子なのだね」

と、わけのわからぬことを言い出したので、香子はあっけにとられて相手をまじまじとみつめた。

「……うまく言いくるめようとしておりますよね？」

「まさか。そんなことはないない。わたしがそのような軽佻浮薄《けいちょうふはく》な男に見えるとでも？」

「見えます」

　中流どころとはいえ、香子もいちおう貴族の娘。父や弟以外の異性とは、ろくに顔を合わせたこともない。こうして知らない男と直接、対話をしているだけでも本当は怖かったが、大臣家の女房になった以上はしっかりしないとと自分を鼓舞し、精いっぱい、きつい口調で言い返してやった。

「それにわたくしは女童ではなく、裳着《もぎ》も済ませた立派な大人の女房です。お間違えなきように」

　反撃された道長は顔を片手で押さえ、くくくと切なげにうめいてから一転、まぶしいほどの笑顔となり、

「では、仕切り直そう。姫君付きの女房だね。実は、あなたにこっそり頼みたいことがあるのだよ。この文《ふみ》を姫に届けてはくれまいか」

　そう言って、いけしゃあしゃあと文を差し出してくる。

　……なんなの、このひと。

　それが香子の正直な感想だった。先達の赤染衛門からも、殿方からの文の取り次ぎなど頼まれてもしてはならないと、毎日のようにきつく言われてきている。だから、取り次ぎなどできるはずはない。ないのだが――

（そうよ。このかたの愛嬌のよさにほだされて、わたしは結局、文の取り次ぎをしてし

まったのだわ。なんだか、思い出をだいぶ美化していたみたいで……）

香子が複雑な気持ちで過去を振り返っていた間、道長は別のことを考えていたようで、

「それにしても、これはいい。とてもいい。主上《おかみ》はきっと、この紫の上のくだりを読んで、こちらの中宮さまのことを思い出されたはずだ。十二歳で入内《じゆだい》してきた幼い姫君は、いまや完璧な貴婦人になられましたよと、物語が教えてくれたわけだからね」

と絶賛する。衛門も喜ばしげにうなずき、

「現に、彰子さまが主上のおわす清涼殿《せいりようでん》に召される機会も目に見えて増えて。なんでも、『物語の続きを作者に聞いて知っているのではないのか？』と主上に問われたこともおありだとか」

それを聞いて、道長はますます嬉《うれ》しそうに相好を崩した。

「仲睦《なかむつ》まじきはよいことだ。この分ならば、おふたりの間にすぐにも御子ができるであろう。よくやった、式部」

「はあ……」

そういう意図がなかったとは言い切れず、香子は曖昧な表情を浮かべるしかない。そのあたりを読み取ったのだろう、

「どうかしたかな？　もしや、畏れ多くも主上のお心を惑わしているようで気が咎《とが》めるとでも？」

鋭い指摘をされて、香子はなおさら動揺した。

「まさか。そもそも、わたくしのように取るに足らない者が主上のお心を動かすなど、できようはずもありませんのに」

「謙遜するのだね。あなたにはできずとも物語にはできる。それでよいのでは？　それに……」

ひと呼吸おいてから、道長は真顔になって言った。

「主上には、さすがにもう亡きひとのことはお忘れになっていただきたいのだ。これは何も、彰子の父だから言うのではない。君臣のひとりとしての、たっての願いだ」

道長の真摯で落ち着いた口調に、香子も衛門もハッとする。彼は続けた。

「この世は穢土《えど》であり、生きていく限りは泥にまみれないわけにはいかない。きれいごとばかりでは済まされない。だが、それを嘆いてどうする？　汚濁にまみれて全力で這《は》いずりまわってこそ、生きている実感が得られるのではないのか？　つらいようでも、それこそが本当の喜びであろうに。……主上はまだお若い。過去にこだわり続け、生きる喜びを自ら放棄するのは、あまりに惜しい。それに、わたしは死んだ者を美化する風潮にも異議を唱えたいのだよ。皇后さまの女房が『枕草子《まくらのそうし》』などというものを書きつづっているが、あれはあまりにきれいすぎないか？」

清少納言《せいしようなごん》の著作が急に話題に出てきて、香子はどきりとした。

「『枕草子』を読まれたのですか？」

「途中で読むのをやめてしまったよ。わたしが憶《おぼ》えていることと違いすぎて」

ふうと道長は重いため息をついた。定子《さだこ》を排斥した側の人間としては、そう感じるのも致しかたないのかもしれない。

定子は母方から、在原業平《ありわらのなりひら》と伊勢の斎宮の子の血をひいている。斎宮は神聖な巫女《みこ》姫《ひめ》。つまり、業平たちの子は禁を犯した不義の子であり、その血脈が皇家に入るのはいかがなものか……。

定子の遺児である一《いち》の宮《みや》を彰子に後見させる一方で、道長はそう言っているらしい。この先、もしも彰子が今上帝《きんじょうてい》の皇子《みこ》を産むことになれば、道長はもっと大っぴらにこの主張を展開させ、一の宮を押しやり、自身の孫を東宮《とうぐう》に据えるに違いない。

「亡くなられたかたの美しい影ばかりをいつまでも恋うても仕方がないではないか。それよりも、同じ世を生きているかたに目を向けていただきたいものだ」

定子ではなく、彰子に。そして、ぜひ彰子に皇子を。道長がそう願うのは当然のことだ。

もしも、このままで一の宮が東宮位についた場合、一度は失脚した定子の兄の伊周《これちか》が勢いを盛り返し、道長が転落する可能性が出てくる。それだけはなんとしても阻まなくてはならない。

（……伊周さまのことはよく知らないけれど、お父上の道隆《みちたか》さまの御威光で、ずいぶんとお若いうちから高い位に就かれて。そのせいなのか、いささか短慮なところがおありな気がしてならないのよね）

花山《かざん》法皇に矢を放った一件もそうだが、伊周は道長に協力的な東三条院詮子《ひがしさんじょういんあきこ》（今上帝の母で道長の姉）への呪詛《じゅそ》も試みている。この時代の呪詛は効力があると見做されていただけに殺人未遂も同然で、発覚すれば、もちろん罰せられる。伊周の失脚はなるべくしてなった事態――もっとも、呪詛の件は政敵が仕掛けた謀略だと言う者はいるが、それを証明することはできない。

定子が理想の妃《きさき》だったにしろ、兄の伊周は理想の政治家とは到底思えず、このまま道長が氏長者《うじのちょうじゃ》に収まっているべきだと、香子も考えていた。心情的には定子やその遺児を気の毒に思えど、こればかりはどうしようもない。

「きっと、主上も本当はおわかりになっていらっしゃる。ただ、きっかけが必要だったのだよ。そのきっかけを物語が作ってくれた。わたしはそう考えるがね」

そうよね、いつまでも嘆いてばかりではいられないものね……と、自らも夫を失った身である香子は道長に同意した。せざるを得なかった。亡きひとを忘れはしないけれど、こだわり続けていても仕方がない、と。

そんな香子の心情を読み取ったように、衛門が言った。

「人生は続いていく……。物語もまた続いていきますわ。ですよね、式部?」

続きをしっかり催促されてしまった。

宮仕えの身では上の者には逆らえない。衛門からも道長からも「この続きを」と催促されて、香子は「善処します」としか言えなかった。

期待されるのは嬉しい。が、書く作業そのものはなかなかにきつい。どうきついのか、うまく説明できないし、説明したところで理解されにくい。へたをすると自慢ともとられかねない。多くを語らず、ただひたすら頭をしぼり、筆を走らせるしかない孤独な作業だ。

朝、角盥《つのだらい》の水で顔を洗っているときも、彰子に漢籍を教えているときでも、ほんの少しの空白の時間があれば、

(この先の展開は……どうしましょう?)と考える。

大雑把ながら構想はあった。

まず、六条の御息所ときっぱり別れなくてはならない。さすがに葵の上をとり殺した相手とは関係を続けていられないからだ。とはいえ、できれば六条を悪役にせず、詩情をもってその別れを描きたかった。

一方、桐壺帝が亡くなれば、源氏の君は恋してやまぬ義母の藤壺《ふじつぼ》の宮に再接近するだろう。しかし、藤壺の宮が応じるはずもない。

(源氏の君は拗ねるわよね……。でも仕方がないわよ。ここで源氏の君との関係が世間に知れたら、わが子の東宮が実は桐壺帝の皇子ではなく、源氏の君の子だということまで露見しかねないもの。かといって頑固に拒み続けていると、源氏の君は東宮の後見役を降りてしまうかもしれない。そうなったら東宮の政治的な立場は危うくなって、最悪、廃太子にされる可能性が出てくる。だって、桐壺帝亡きあとの帝位を継いだ朱雀帝《すざくてい》は、弘徽殿《こきでん》の女御《にょうご》が産みまいらせたかた。女御は弘徽殿の大后《おおきさき》と呼ばれて、さらなる権力をふるっている。それでいて、『どうして末の皇子が東宮に立つのだ、しかもあの源氏の君が後見だなんて』と、おかんむりなのだもの)

架空の出来事とはいえ、政治の話となると現実的だ。それが『源氏物語』人気の理由のひとつだと睨《にら》んでいるので、香子も手は抜けない。

(こうなるともう、藤壺の宮は出家して、永遠に源氏の君の手の届かない存在になるしかないわ……)

ふたつの恋が終わる。

その最も効果的な描きかたを思案し、香子はその夜も文机《ふづくえ》の前に座していた。

卓上には紙と硯《すずり》の他に、小さな仏像が置かれている。身守り代わりに実家から持ち出したものだった。

あれ以降も、香子は一度だけだが夜陰のすすり泣きを聞いていた。けれども、もう褥を抜け出して確かめに行くことはせず、横たわったまま、ひたすら夢想するにとどめた。

霊鬼かもしれない、生きた人間かもしれない。そのどちらでも構わない。

霊鬼が泣くと考えれば、生霊になった六条の恨みつらみ哀《かな》しみに踏みこんでいける。生きた人間が秘密の恋にむせび泣いているのだと思えば、藤壺の宮の苦悩に寄り添える。

おかげさまで、その翌日は筆が進んだ。これなら、また泣いてくれてもいいのよと思ったりもしたのだが、霊鬼だった場合、祟《たた》られたりしないようにと執筆中は仏像をそばに置くのは忘れなかった。気休めに過ぎないだろうが、こうしておくと執筆が深夜に及んでも実際、心強かった。

今宵《こよい》も準備は万端。精神統一も兼ねて墨を磨《す》りつつ、構想を練る。

(藤壺の宮が出家してしまい、打ちひしがれた源氏が、傷ついた心の癒やしを求めて朧月夜《おぼろづきよ》との逢瀬《おうせ》を復活させたとしても、無理はないわよね……)

ところが、その密会の現場に朧月夜の父が踏みこんできたため、ふたりの関係がまだ続いていたことが暴露される。

朧月夜はいまや今上帝の実質的な妃。帝《みかど》の妻を盗むとは、これは朝廷への翻意の表れだと、周囲は糾弾する。源氏は藤壺や東宮にまで累が及ぶことをおそれ、そうなる前にと都を離れて須磨に赴く決意をする。

（大きな流れはそんなところで、他の女君《おんなぎみ》との交流もまじえて書いて……。そちらの登場の順番はどうしましょう……）

筆に墨をたっぷりと含ませ、さて書き出そうとしたそのとき、局の外で微《かす》かな足音が聞こえてきた。小走りになり、さらさらと衣《きぬ》ずれの音もさせている。

同僚女房の誰かだろうと、香子は特に気にしなかった。が、足音の主は彼女の局の前でぴたりと止まり、いきなり、ばんばんばんと仕切りの壁代《かべしろ》を乱暴に叩《たた》き始めた。

「誰？　何をしているの？　やめてちょうだい」

驚いた香子が怒鳴ると、壁代を叩く音はやみ、ぱたぱたと足音が逃げていく。香子はすぐさま局を出たが、そこにはもう誰もいなかった。

「誰なの？　厭《いや》がらせ？」

執筆に水を差され、無性に腹が立った香子は、絶対に捕まえてやると意気込み、足音が去ったほうへと向かった。ところが、いくらも行かぬうちに香子ははたと立ち止まる。

庭のずっとむこう、別の殿舎である後涼殿《こうろうでん》の陰に白い人影が見えたのだ。

人影のほうはすぐに建物の後ろ側にまわり、香子からは見えなくなる。距離は相当離れていて、先ほどの足音の主がこのほんのわずかな隙に、あそこまで行けたとは到底思えない。都一の脚力自慢が全速力で駆けていっても、果たして可能であったかどうか。

それができるのは、もはや生きた人間ではあるまい。

遅まきながら香子の全身に震えが走った。

（白い人影……。定子さまの霊鬼……！）

そうとは限るまいに、ひとたび頭に浮かぶと、もはやそこから離れられなくなる。定子の霊が香子に干渉してくる心当たりも、ないわけではなかったからだ。

（まさか、物語の執筆を邪魔しに……）

香子が『源氏物語』の続きを書き、そこで紫の上の魅力を描写すれば、主上は紫の上になぞらえた彰子にも関心を向ける。かつて愛した定子を忘れてしまう。それが許せなくて執筆の邪魔をしに来たとも考えられなくはない。

（でも、定子さまはそのような狭量なおかたではないと『枕草子』にも書いてあったのに）

否定した端から、道長が『枕草子』は事実と違うと証言していたのを思い出す。清少納言が本当は悲惨であった過去を、ひたすら美しく補整した可能性は捨てきれない。そうでなくとも、生者が死者となったことで、理性やら何やらをすべて失い、豹変《ひょうへん》することもあり得るだろう。

冷たい夜気が香子の頰をなぶる。醒《さ》めやらぬ恐怖に寒気が加わり、身体《からだ》がまた震えた。

香子は局に戻ろうと振り返り、自分のすぐそばに人影が立っているのに気づいて、驚きのあまり、へなへなとその場にしゃがみこんだ。

悲鳴をあげなかったのは驚きすぎたせいだ。が、人影が生きている人間だと判明するや、へたに騒がなくてよかったと香子は胸をなでおろした。相手——和泉《いずみ》式部は不思議そうに小首を傾《かし》げている。

「どうかされまして、紫さん？」

「どうかって、あなたは聞かなかったの？　足音といっしょに衣ずれの音がして、誰か来たかと思ったら、壁代を乱暴に叩かれて」

「聞きましたわ。何を騒いでらっしゃるのかと不思議に思いました」

「誰がやったのか、あなたは見た？」

いいえ、と和泉は首を横に振る。

「じゃあ、白い影は？　あちらの後涼殿の陰に、ちらりとだけ見えたのだけど」

和泉はもう一度、ゆっくりと首を横に振った。

「いいえ、何も」

「そうなの……」

彼女におっとりとした口調で言われると、不思議なものでこちらの気持ちもすうっと落ち着いてくる。ひとりで騒いで、ひとりで怖がっていたのが大人げないようにさえ思えてくる。

「じゃあ、影のほうは見間違いだったのかもね……」

そうしておいたほうが無難だ。肩を落とし、ふうっとため息をついたそのときになって、香子は和泉が紅梅を一枝、手にしていることに気がついた。

「その紅梅は？」

「ああ、これですか」

鮮やかな紅色の花に視線を落とし、和泉はあえかに微笑んだ。

「とある殿方から求愛されて……。そんなつもりはさらさらありませんのとお断りしても、いっこうに聞き入れてくださらなかったので、そのお気持ちが本物なのでしたらば南殿《なでん》の梅を一枝、折り取ってきてくださいますかとお伝えしましたら、こうして」

つい先ほど届けてきてくれたのを、受け取ったところだったのだろう。そうと知って、香子は目を丸くした。

「南殿の梅ぇ？」

南殿とは紫宸殿《ししんでん》の別名で、その南側の庭には梅が植えられていた。

御所の庭に咲く梅だ。そのあたりの家の軒先に咲く花とは、わけが違う。手折るところをみつかったら、ただでは済むまい。

それでも、男は和泉の求めに応じ、危険を冒して南殿の梅を盗んできた。さながら、かぐや姫の求めに応じ、命がけで秘宝を探しに出かけた求婚者たちのように。

香子はあっけにとられて和泉を見上げた。和泉はいつものように穏やかに微笑んでいる。異性にもてることを自慢しているふうでもなく、微かながら困惑の気配をにじませ、かといって強くも拒まない。

南殿の梅を贈った男は、和泉の手応えのなさに、かえって恋心をつのらせていったことだろう。香子は、ふたりの親王が彼女にのめりこんだ理由がわかったような気がした。

「本物だわ……。本物の恋の達人だわ……」

「えっ？」

「いえ、その花ぬすびとはどんな……、ああ、なんでもないわ。いろいろ訊《き》きたいけれど、でも、いまはやめておくわね。夜も遅いことだし」

霊鬼の影におびえた直後に和泉の恋愛談を聞くのは、荷が勝ちすぎる。南殿の梅を折ってきた花ぬすびとの件はひとまず置いておき、香子はふらつきながら立ちあがった。

「騒いでごめんなさい。きっと誰かがふざけていたのね。気にしないことにするわ」

そうしておいたほうが無難だと、理性を働かせることはできた。和泉はそんな香子の気持ちに同意するように、浅くうなずく。

「お疲れでしたのね。中宮《ちゅうぐう》さまの御進講役に物語の執筆と、わたくしどもとはまた違うお勤めがあって、大変ですものね」

ねぎらわれると素直に嬉しい。行状に感心できない面もあるにはあるが、悪いひとではないのねと思ってしまう。

和泉はさらに言った。

「物語の続き、わたくしも楽しみにしておりますわ」

「まあ、読んでくださったのね。ありがとう」

「どうか、根を詰めすぎませんように。では、おやすみなさいまし」

「ええ、おやすみなさい」

和泉が背中を向ける。長い黒髪がかかったその背を、ふわりと白いもやがよぎって、すぐに消える。

香子はぎょっとし、咄嗟《とっさ》に両手で口を覆った。そうでもしないと、御所中に轟《とどろ》くような悲鳴をあげてしまいそうだったから。

和泉は何も気づかなかったのか、袿《うちき》の裾をひいて、その場から静かに去っていった。

彼女の姿が見えなくなってから、香子はようやく、よろよろと歩き出した。自分の局には戻らず、赤染衛門の局をめざす。幸い、衛門の局に明かりはついていた。まだ起きていてくれたのだ。

「衛門さま、衛門さま」

挨拶もそこそこに、香子は衛門の局に転がりこんだ。衛門は燈台《とうだい》の明かりのもと、脇息《きょうそく》にもたれかかって物語を読んでいるところだった。

「まあ、どうしたのですか、こんな夜ふけに。執筆していたの？　それで行き詰まって、わたくしに相談に？」

後輩に頼られるのが嬉しいのだろう、にこにこと笑顔で香子を迎える。なんていいかたなのかしらと、香子は涙が出そうになった。

二十年前の宮仕えでも、衛門は不慣れな香子にいろいろと女房としてのありかたを教えてくれた。やや真面目《まじめ》に過ぎ、厳しくはあるも、頼りになる人物には違いないのだ。

きっと衛門さまなら、この摩訶《まか》不思議な事態からも救ってくださると、香子は絶対の心服のもと、彼女にすがった。

「実は、あの、先ほど、わたくしの局の壁代を、誰かが叩いて驚かすものですから、叱ってやろうと外に出ましたら、誰もおらず、その代わり、離れた殿舎のむこうに、白い影が隠れるのを見てしまいまして……」

そこまで一気に香子が述べると、

「白い影？」

衛門は笑顔から一転、眉をひそめて素っ気なく言った。

「それはきっと気のせいでしょう」

「えっ、でも」

和泉さんの後ろにも、と続ける前に、衛門は固い声で告げた。

「皇后さまの霊鬼が出るという噂は、わたくしも知っております。でも、それはなんの根拠もない、無責任なたわ言です。賢いあなたまでもがそんな馬鹿げた話に惑わされるなんて、わたくしをがっかりさせないでちょうだい」

予想外の厳しい言葉に、香子はうっと息を詰まらせた。

遅ればせながら、同僚の女房たちに「それを言うと衛門さんが火を噴かんばかりに怒るから、あのかたの前でこの話はしないほうがいいわよ」と忠告されたのを思い出す。どうやら、衛門は霊鬼の噂に本気で怒っているようだ。

怒りが収まらず、そっぽを向いてしまった衛門の冷たい横顔が、鬼より怖い。香子の背中を流れた汗は霊へのおそれゆえか、それとも衛門の勘気に触れて畏縮したせいか、本人にも判断がつかない。できるのは、その場に両手をついて謝ることだけだった。

「申し訳ございません……。わたくしの見間違いでした……」

香子の謝罪に、衛門はたちまち笑顔を取り戻して振り返った。

「そうですとも。きっと疲れているのね。今日はもうお休みなさい。ぐっすりと眠れば不安な気持ちも収まって、物語の新しい構想も生まれてきますとも」

「はい……。ありがとうございます、衛門さま」

衛門にことさらに優しく言われて、そう返すのが香子には精いっぱいだった。

ひと晩、眠ってはみたが、不安な気持ちは収まらなかった。

もう無理。霊鬼の出る後宮《こうきゅう》で夜ふけまで執筆なんて、絶対に無理。——と香子は本気で思った。しかし、それを訴える場所もない。

翌日、香子は仕方なく、平静なふりをして彰子に漢籍を教えた。当然ながら、なかなか身は入らない。どうして昨夜、あんな目に見舞われたのだろうと、わたしはどんな罪を犯したのだろうと、ぐじぐじ、後ろ向きなことばかり考えてしまう。

（やっぱり、定子さまの霊鬼がお怒りになって、執筆の邪魔を……。では、和泉さんにまとわりついていた白いもやは……駄目押しの脅し？　そうまでされるほど、わたしは霊に恨まれてしまったということ？　つまり、あれも定子さまの霊で、主上にわたくしのことを忘れさせるような物語は書くなと……。そんな、どうして……）

思考は堂々めぐりをするばかりだった。

このままだと命も狙われかねない。そんな最悪の事態となる前に、霊鬼の出る御所を退出すべきだろう。

物語の続きも、こんな状態ではとても書けそうにない。待ってもらっているかたがたには申し訳ないが、「展開に詰まって」「少し書いただけで気力も体力も尽き果てて」等々、それらしい理由をつけて辞退するしかあるまい。

せっかく筆が乗ってきたのにと残念に思う気持ちがないではないが、命を懸けて挑むのはさすがに――と憂いていると、

「ところで、式部」

漢籍から視線をあげ、唐突に彰子が言った。

「は、はい。なんでしょうか」

「物語の続きはいつ書きあがりそう？」

ぐふっと噴き出しそうになり、香子はあわてて広袖で顔を隠した。その反応の素早さに、彰子もびっくりして目を瞠《みは》る。

「ごめんなさいね、催促などして。でも、主上にまた尋ねられて」

「主上に？」

「ええ。主上はわたしが、物語がどんなふうに続くかをあなたから聞いて知っていて、わざと秘密にしているのではと疑っておいでなのよ」

「まあ、そうでしたか」

物語の作者にとって、読者の好意的な反応ほど励みになるものはない。誰かが自分の書くものを楽しみに待っていると考えるだけでも感激なのに、それが今上帝とは。ありがたさ、もったいなさに言葉も出ない。

とはいえ、目の前では彰子が期待満々で香子の返事を待っている。早く何か言わなく

ては、と香子は懸命に知恵を絞った。

「でしたら、『わたくしも詳しくは存じあげませんが、何やら源氏の君の身に不穏な影が差してくるとか……』ぐらいは、お教えさしあげてもよろしいのではないでしょうか」

「まあ、不穏な影が差すの？」

「さあ、それは……、どうでしょう……」

香子はわざともったいぶった言いかたをして視線をそらした。意図したところは伝わり、

「わかったわ。主上にもそうお答えすればいいのね」

主上の反応を想像したのだろう、彰子はうふふと愛らしく笑った。その笑顔を見て、中宮さまは本心から主上のことを慕っていらっしゃるのだわと、香子は確信した。

上流貴族の姫君として生まれた時点で、帝のもとに入内するのは決定したも同然。そこに個人の意志など存在しない。文の遣《や》り取《と》りで互いのことを確かめ合ってから、といった恋の手順を踏む機会すらない。

かようなお仕着せの形であっても、他に妃が何人もいようとも、気持ちが通じ合えたのならよかった、本当によかったと香子は心から喜べた。二代にわたってお仕えしているのだ、知らぬ間に母の目線になって彰子と接していたのかもしれない。

(おかわいらしい彰子さま。そうよ。このかたには絶対に幸せになっていただきたいわ。このかたのために、わたしができることがあるとすれば、それはやはり、物語を書くことなのだわ……)

であれば、霊の影におびえている場合ではない。けれども、またあんなことがあれば、自分はきっと平静ではいられまい。

だったらば、仏像や護符を身近に置く以外にも何か霊鬼に太刀打《たちう》ちするすべはないかと、香子はまた必死に考えた。

(本来なら、徳のあるお坊さまに厄祓いの加持祈禱をしていただくべきだけれども、そんな大ごとにしてしまったら衛門さまにきっと叱られるでしょうし……)

ふと、髪を尼削《あまそ》ぎにした清少納言の顔が脳裏をよぎった。

(そうだわ。あのひとに経のひとつでも唱えてもらおうかしら。いちおう出家の身ではあるし、効果はあるかも。定子さまの霊鬼がなんて話はとてもできないけれど、そこはなんとか伏せて、ついでに『源氏物語』の続きを持っていって、感想を聞かせてもらいましょうか)

加持祈禱うんぬんよりも、物語の感想を聞きたい気持ちがぐんと上まわった。

また酷評されるかもしれない。いや、みながあれだけ褒めてくれたのだから、きっと清少納言も認めてくれるはず、なんと言われるかしらねと、文筆家としての対抗意識もふつふつと燃えてくる。

「あら、どうしたの、式部」

「えっ？」

「いい案が浮かんだようね。楽しそうだもの。あ、お願いだから言わないでちょうだい。わたしも先を楽しみにしているのだから」

物語のことを考えていると彰子には思われたのだろう。それはそれで間違いではない。

両手で耳をふさいでみせた彰子の姿が道長と重なって、やはり親子ね、しぐさまで似ておられるわと香子はしみじみ感じた。

いつしか霊鬼へのおそれは心の隅へと完全に追いやられていた。清少納言への闘争心と彰子への情愛、そのふたつは恐怖を鎮めてくれる、いい薬になっていたのだった。


御所を出て、知人のもとを訪問したい。

香子がそう願い出ると、宿下がりのときと同様にあっさりと許可が下り、牛車が手配された。牛を牽《ひ》いてきたのは、いつもの牛飼い童だった。

「また鬼の女法師のもとへ行かれるのですか？」

「ええ、そうよ。ところで、前にも言ったはずだけれど、あのかたは鬼ではなくて、もとは宮中で名を馳《は》せた立派な宮廷女房だったのですからね」

「ああ、牛車に乗った公達《きんだち》たちも、そんなことをおっしゃっておりましたね。そうですか、賢くてお美しい宮廷女房もやがては鬼となるのですね」

「これこれ、そんなことを言ってはなりませんよ」

「御方《おかた》さまは鬼になどなりませんよ。とてもお優しいですから」

「まあ、この子ったら」

世辞だとわかっていても悪い気はしない。その一方で、誰の心にも鬼は棲《す》むと、昔から言われてきたのを思い出す。

きれいなだけでは、ひとは生きていけない。妬みやそねみ、怒りや哀しみ、そういった負の感情は当然、存在し、そこから鬼は生まれてくる。

理想の妃として描かれた定子の心にも、間違いなく鬼がいたはずなのだ。存命中は、その鬼も理性でおとなしくさせられただろう。しかし、ひとたび肉体の枷《かせ》から解き放たれれば、その鬼はどうなるのだろう、ともに冥府へ連れて行かれるのか、それとも抜け殻のようになって現世をさまようのかと、香子は考えずにはいられなかった。

(もしかして、その鬼が道長さまや彰子さまに祟ろうとするかもしれない。それればかりか、このわたしまでも……。いいえ、駄目よ。そんな怖いことを考えては。それよりもほら、この『源氏物語』を受け取ったときの少納言さんの顔を想像しましょうよ)

気をゆるめると、ふっと頭をもたげてくる恐怖心をなだめているうちに、香子を乗せた牛車は少納言の邸《やしき》に到着した。前に名乗った偽名の「弘徽殿の女房の越前《えちぜん》です」を今回も使うと、邸の者はあっさりと香子を中に通してくれた。

円座《わろうだ》は簀子縁《すのこえん》に置かれていた。春とは名ばかりでまだ風は冷たいのにとも思ったが、視線を庭に転じれば紅梅の花が美しく咲いている。この花を愛《め》でながら話をするのもいいわねと思っていると、だん、だん、だん、と荒っぽく足音を響かせて、青鈍色《あおにびいろ》の衣をまとった少納言が現れた。

彼女は香子と顔を合わせるや、悪童のようににかっと笑った。

「ようやく来たわね」

ひょっとして待たれていたのかしらと思った途端、香子は胸がどきどきしてきた。素性を偽っていることが急に後ろめたくもなってくる。

「申し訳ありません。宮仕えは何かといそがしく……」

平静を装い、神妙に頭を下げると、少納言は片方の眉をピンと撥《は》ねあげ、

「あら、弘徽殿は何事もなさすぎて、いたって静かなのではなかったかしら？」

嘘《うそ》を見破られた気がして、今度はさらにどきりとした。

「冗談よ、冗談」

少納言は快活に笑って、その場にどかりと腰を下ろした。

髪を短くしても、尼らしいのは見た目だけで、抹香くささはまるで感じられない。このひとに加持祈禱を頼もうかなんて、どうして考えたのかしらと、香子はおかしくさえなった。

周囲にそれとなく聞いてまわったところ、少納言は定子の逝去まで彼女に仕え、その後は宮中を退出して再婚し、夫の任国にともに下っていったらしい。しかし、こうして都に舞い戻り、兄と暮らしているところをみると、再婚相手とは別れてしまったようだ。髪を切り、出家までしているわけで、おそらく平穏無事とは言いがたい道をこれまで歩んできたのだろう。それでいて、からからと笑う姿からは、湿っぽさがまったく感じられず、さすがは清少納言と言わざるを得ない。

香子はいろいろと尋ねたくなる好奇心を抑え、まずは『源氏物語』をくるんだ包みを取り出した。

「この間、突然の訪《おとな》いを快く受け容《い》れてくださったお礼を持参いたしましたわ。宮中でもいま、流行《はや》っておりますのよ。誰しもがこの話で持ちきりで」

少納言は包みを広げ、物語をぱらぱらとめくった。さあ、何を言ってくれるのかしらと香子が待ち構えていると、

「『源氏物語』の続きね。これなら読んだわ」

「えっ？」

「いまでも付き合いのある、昔の同僚が貸してくれたの」

「そう……でしたか」

意気込んで持参してきたのに、しゅるると気持ちがしぼんでいく。

「でも、これはもらっておくわ。ありがとう」

少納言は素っ気なく礼を言って、『源氏物語』を脇に寄せた。

相手の淡泊な対応に、香子は自分でも驚くくらい落胆していた。飛びあがって喜ぶようなことはあるまいと予想していたはずなのに、心のどこかで多少は期待していたらしい。それをくじかれ、失意に香子の肩は落ち、背中も丸く曲がってしまう。

「じっくり読んでくだされば……。できれば感想も聞かせていただけると……」

うつむいたまま未練がましく言う香子に、

「感想？　そうだわね。車争いや生霊のくだりは面白かったわ」

いきなりの好意的な意見に、香子は驚いて顔を上げた。少納言はにやにやと笑っている。

「祭礼の場での大乱闘だなんて、そうそう拝めるものではないし、生霊もね、まさか出産の場に降臨してくるとは、この展開にはさすがに引きこまれたわ」

「ですわよね、ですわよね」

ついさっきまで暗く打ちひしがれていたのも忘れて、香子は何度も首を縦に振った。

そんな彼女を少納言はおかしそうにみつめて続ける。

「なげきわび空に乱るるわが魂《たま》を結びとどめよ、したがひのつま……。嘆くあまり、宙をさまよっているわたしの魂を、下前《したまえ》の褄《つま》を結んで繋《つな》ぎとめてください、とはね。着物の褄を結ぶと、さまよい出た魂はもとに戻るとはいうけれど、歌を詠んで、わたくしはあなたを慕う者の生霊でございますのよと源氏の君に伝えるとは、さすがは六条の御息所。あのかたはわたしも好きだわね。男にすがるばかりでなく、やり返してやろうとするところが小気味よくて」

自分の考えた登場人物を好きだと言ってもらえるのは本当に気分がいいし、やっぱり、みなさん怖い話が好きなのよねと、自説が支持されたようにも思えて、香子は笑顔になった。ところが、

「でもねえ、紫の上とのくだりは、いかがなものかしらね」

雲行きがにわかに怪しくなって、香子の笑みもたちまち引っこむ。

「いかが、とは？」

「あれはちょっと、強引すぎない？」

見破られた、と舌を巻きつつ、香子は言葉を選びながら言い返した。

「作者も、そう感じては、いた、らしいですわよ」

「そうなの？」

「ええ。本来は、とある事情で源氏の君が都を離れて数年経《た》ち、帰京したのちに成長した紫の上と再会、あのときの少女がこんな素晴らしい女人となったのかと感激して——といった流れにする心積もりだったとか」

「そうすればよかったのに」

「けれども、先輩女房の赤染衛門さまに相談したところ、長らく中断していた物語の続きが主人公の都落ちから始まるのはいかがなものかと意見され、仕方なくなくこの展開になったのだとか」

「詳しいわね、あなた」

「いえいえ。宮中では、誰しもがこれくらい知っておりますとも」

香子は懸命にしたり顔を作ってみせた。うまく取り繕えたかしらと案じていると、少納言は気になる言いかたをした。

「ふうん……。にしても、こういう手を使うとはね」

「こういう手とは？」

聞き捨てならずに食らいつく香子を、少納言は意地悪そうな目で見据えて言った。

「作者は紫の上に彰子さまをなぞらえているわけでしょう？　出逢ったときはまだ幼かった女童が、成長して妻となるなんて、まさにいまの彰子さまそのままじゃないの」

「……まあ、そういう見かたをするかたもいるでしょうね」

「そして、お産で亡くなられた葵の上は定子さま？　年上で、添《そ》い臥《ぶ》しの姫で。でも、葵の上はもうこの世を去られたのだから、紫の上を妻に、というわけね」

「それは勘ぐりすぎでは？」

まったく考えなかったとは言わない。しかし、葵の上は、香子が彰子に仕える前から物語に出ていた人物で、彼女を定子になぞらえる意図は当初はなかった。現実のほうが虚構の物語に寄ってきてしまう場合もままあることで、香子もそこまで責任は負いかねた。

「なんにしろ、紫の上を彰子さまに見立てているのは間違いないでしょう。しかも、『ひと夜でも逢わずにはいられない』なんて源氏に言わせるとは、あからさまだわねえ」

香子の耳がカッと赤く染まった。それを見届けて少納言はさらに言う。

「そもそもね、あの男、すべてが身勝手で強引なのよ。十歳の若紫をひきとったくだりも、まさにひと攫《さら》いの所行じゃないの。あれはひどいわ」

「ひどい？　そんなにひどかったでしょうか」

「だって、若紫に目をつけたのも、彼女が藤壺の宮の姪《めい》で、藤壺にそっくりだったからでしょう？　十歳の女童に惹《ひ》かれるだけでもどうかと思うのに、その理由が藤壺の宮に似ていたからだなんて、なんだか怖いくらいの執心よね」

「いえいえ、源氏の君はそれほどまでに深く熱く藤壺の宮を……」

「宮もお気の毒だわ。姪が攫われた理由が、自分の身代わりになったからだったなんて、絶対に知りたくないでしょうよ。源氏の君も、いくら顔や育ちがよいからといって、あそこまでやるのはヒトとしてどうなのよ。倫理観がなさすぎるわよ」

……熱くなっては駄目だ。なんでもないふりをしなくては。自分は物語の作者ではなく、弘徽殿の女房の越前なのだから――という建前は、ぼろぼろと崩れ去っていく。

書き手にとって、おのれが書いた作品はわが子も同然。つまり、世の作家は子連れの熊なのであり、わが子を批判されて平静でいられるはずもなかった。香子もその例に洩《も》れず、彼女は鼻息を荒くして反論を開始した。

「そうはおっしゃいますが、ああしないことには仕方がなかったではありませんか。若紫は母方の祖母である尼君の手で育てられていました。しかし、母君同様に尼君も亡くなられ、それまで娘を顧みなかった父君の兵部卿宮《ひょうぶきょうのみや》が若紫を引き取ろうとなさいましたよね？　でも、父宮には妻も子もいらっしゃる。そこに若紫が引き取られれば、継子《ままこ》として肩身の狭い思いをするであろうことは容易に想像がつきますもの。継子いびりは定番中の定番ですからね。それを憂いて、源氏の君は若紫を御自分のもとに引き取ったのです。ええ、これは若紫を救うためのやむなき手段だったのですよ」

拳を握って力説する香子に、少納言は「はいはい」とぞんざいにうなずいた。納得していないなと感じ、香子はさらに弁を重ねる。

「父宮も若紫が突然、消えたのを、『ああ、尼君が生前、孫を引き渡すのを拒んでいたのを知っていた乳母《めのと》が、勝手に気をまわして姫を隠したのだな』と思いこんで、進んで捜そうとはしなかったではありませんか。あんな薄情な父親では、継母《ままはは》のいびりから守ってくれそうにもありませんもの。源氏の君のもとで育てられて大正解でしたわよ」

「はいはいはい。そして、無理やり妻にされると」

「そこに愛はありますわ」

道長さまと同じことを言ってしまったと思った途端、その道長の名が少納言の口から出てきた。

「それもこれも、あの大臣、道長さまの入れ知恵かもね」

「絶対にそんなことはありません！」

香子は思わず腰を浮かせて大声を放った。さすがにハッとしてすわり直し、

「そんなことはないと聞いております」

すまし顔で取り繕ったけれども、額は汗びっしょりだ。

「あら、そうなの？」

少納言の視線がますます意地悪そうに冴《さ》える。

「あなた、弘徽殿の女房のはずなのに、ずいぶんと藤壺の内情に詳しいのね」

「それは何しろ……、あちらは目立ちますから。いろいろと耳に入ってくるのですよ。

主上が彰子さまとおすごしになる時間が目に見えて増えてきただとか、これも『源氏物語』がおふたりの仲立ちをしているからだとか、ええ、あちこちで耳にしますとも。本当にもう大評判で。それだけに、作者のかたはさぞかし大変だと思いますわ」

本当に大変なのよと、香子は心の中で付け加えた。

「そんなに大変？」

「ええ。あのかたは彰子さまの御進講も担っておりますでしょう？　その分、執筆が夜遅くにまで及ぶこともざらなのに、この頃、御所では、その――」

言うか言うまいか、少し迷ってから、

「御所に鬼が出るという噂がありまして。全身、真っ白い人影を見たという女房が何人もいるのです」

定子さまの霊鬼が、とは言わずに、香子は話を続けた。

「夜中にすすり泣きを聞いたという話もあって、実はこのわたしも夜中にどなたかの泣く声を聞いて……。そのときはてっきり生きているかたが苦しい恋にむせび泣いているのね、なんてことを考えたものですから、そっと局を出て様子を見に行ったんですの」

「あら。意外にやるわね」

「けれども、どなたが泣いているのかはわからずじまい。そこで、ばったりと頭中将《とうのちゅうじょう》さまにお会いして」

「頭中将……。源 頼定《みなもとのよりさだ》さまね。見目麗しいおかただったけれど、いまもお変わりないのでしょうね」

「ええ、とても美しいかたでしたわ。まるで光源氏《ひかるげんじ》の君がこの世に現れいでたかのようで、甘いお声で『御所には鬼が出るのだよ。哀しい鬼がね』と言われたときには、もうどうしようかと思いました」

「あのかたなら言いそう」

「ええ。頼定さまは、定子さまの霊鬼だと……」

教えてくださって、と言いかけ、香子は息を呑《の》んだ。

頼定の美しい顔を思い浮かべてうっとりしていたために、口が滑ってしまった。まずいと思ったときには、もう遅かった。

いまのを聞かれたかしらと、香子はおびえつつ少納言に視線を向け——間違いなく聞かれていたと悟って、どっと背中に汗を流す。

少納言はとても静かな口調で言った。

「定子さまの霊鬼？」

「いえ、あの……」

「定子さまの霊鬼と、あなた、いま確かにそう言ったわよね」

真っ向からみつめられ、問い詰められる。言い逃れをしようにも何も浮かばない。こ

れは無理だと早々に悟り、

「長居をしすぎましたわね。では、わたくしはこれで」

立ち去ろうとしかけた香子の袖を、少納言はぐっとつかんで引き止めた。

「定子さまの霊鬼とは、いったいどういうこと?」

下から睨みあげられて、その眼力のすさまじさに戦く。それこそ、たちまち鬼に変異して、香子を頭からひと呑みにしかねない勢いだった。定子に関することならば、いまも昔も彼女は一歩も引かぬ覚悟で充ち満ちているのだ。

その熱意に、抵抗する気力も完全に焼き尽くされてしまう。香子はその場にへなへなと崩れ落ちると、ぐったりとうなだれ、しばしためらったあとで、仕方なしに事実を打ち明けた。

「はい……。後宮の女房たちが、あれは皇后さまの霊鬼だと噂して……」

少納言が突然、床板に拳をがんと打ちつけた。

香子は、ひっと小さく悲鳴をあげる。

少納言はぎらぎらした目を庭に向け、低い声でつぶやいた。

「ふざけた話だわ。あのかたが鬼になどなるはずがないのに。不敬もここに極まれりだわ」

このひとは本気で怒っている——少納言の放つ怒りの熱気をひりひりと肌で感じ、香子はすっかりうろたえてしまった。

「ええ、あの、赤染衛門さまもなんの根拠もない無責任なたわ言だとおっしゃっておりましたし、みながみな、噂を鵜呑《うの》みにしているわけでは……」

「あなたはどうなの、紫式部《むらさきしきぶ》」

「わたしは、えっ？　あっ？」

「あなたはどう思うのかと訊いているのよ、『源氏物語』の作者さん」

ええええっと驚きの声を放ち、香子は後ろに手をついてのけぞった。ぱくぱくと陸にあがった魚のように口をあけても、息ができている気がしない。頭の中いっぱいに混迷の渦が広がっている。

いったい、いつから嘘がばれていたのか。

きっかけになるようなことを、自分はどこかで口走っていただろうかと考えるが、混乱した頭からは何も出てこない。

這って逃げ出そうにも、少納言の鋭い視線で床に縫いとめられたかのように四肢は動かない。ぜいぜい、はあはあと呼気が乱れるばかりで、弁解の言葉もない。

少納言はそんな香子を冷ややかにみつめて訊いた。

「水でも持ってこさせましょうか？」

出せない声の代わりにうなずくと、少納言は大声で家人《けにん》を呼び、器に水を入れて持ってこさせた。冷たいその水を香子は一気に飲み干して、大きなため息をつく。家人は空になった器を持って、黙って去っていく。

香子はぼうっと庭の紅梅をみつめた。

濃い紅色の花が咲く枝に一羽の小鳥がやってくる。鶯色《うぐいすいろ》のあの小鳥はウグイスではなくメジロなのよね……と、とりとめもなく考え、ようやく気を取り直して少納言に向き直る。

もはや逃げも隠れもできない。認めるしかない。

「いつから、お気づきに……」

「さあ？」

「何がきっかけで……」

「別に。なんとなくね」

かなり早くから、へたをすれば最初の顔合わせのときから、こちらの素性に気づいていたに違いない。

どうしてそれを言ってくれなかったのかと、香子はくやしいやら恥ずかしいやらで泣きたくなった。さすがにそれを言って八つ当たりするのは大人げないと、口を真一文字に結んでなんとかこらえる。

少納言は改めて香子に尋ねた。

「で、あなたはどう思っているの？　あのかたが鬼になどなると本気で思うの？」

「……『枕草子』に描かれている定子さまならば、ならないと思います」

「そうよ。あのかたはいついつまでも、輝かしいときの中に生きておられるの」

伝説の貴公子と巫女姫の血をひき、美しく聡明《そうめい》で、薄紅梅色の指先をしたひと。地上の天女のごとき彼《か》のひとが、濁世《だくせ》の暗がりに沈んでむせび泣くなどあり得ないと、少納言はきっぱりと否定した。

定子へのいまだ変わらぬ忠誠心を見せつけられて、香子もうなずかないわけにはいかなくなった。

「そう……かもしれませんわね。白い影が名乗りをあげたわけでもありませんし、すすり泣きにしても誰のものかまでは判別がつかなかったのだから……」

「なのに、そういう噂が流れている。なぜだと思う？」

「なぜ……？」

「主上に前《さきの》中宮さまを思い出させ、いまの中宮さまを召されるのをためらわせようという、何者かの策なのでは？」

亡き定子を思い出させ、彰子に向きかけていた関心を退けさせる。

なるほど、そういう噂の使い道もあったかと、香子は納得した。

「だとしたら、衛門さまがあれほどお怒りになられたのも理解できますわ。実は、この間の夜、執筆中に、誰かがわたくしの局の壁代を乱暴に叩いて。驚いてすぐに局から出てみたのに誰もいなくて、その代わり、ずっと遠くのほうで白い影が隠れたところを見てしまったのです。とても生きた者のしわざとは思えず、怖くて怖くて、物語にも手がつかなくなったのですが、ひょっとして、それも……」

「あなたが紫の上に彰子さまをなぞらえるような書きかたをして、畏れ多くも主上のお気持ちを惑わそうとしたせいじゃないの？」

香子はさすがにムッとして、「そんな言いかたは」と抗議しかけるが、

「でも、事実だわ。余計なことをするんじゃないと、誰かが警告したのよ。霊鬼の姿を借りた生きた者がね」

少納言に断言されて、香子は怒る気力もなくして、うろたえてしまう。

「では、霊鬼もすすり泣きも、生きた人間のしわざ……？　誰なのですか、それは」

「知らないわよ」

「知らないわよで済ませないでください」

「知らないけれど、宮の霊を騙《かた》るなんて許せないわ」

少納言が言う宮とは、前中宮の定子を差す。彼女の心には、皇后となった定子ではなく、まだ彼女以外、誰も入内してこなかった時代の、唯一無二の妃たる中宮定子が息づいているのだ。

「あなた、嘘をついた代償に、このわたしを夜の宮中にこっそり手引きしなさい」

「は？」

このひとは何を言っているのだろう――と、あっけにとられ、香子はあんぐりと大口をあけた。少納言はお構いなしに、

「このままにしておけるはずがないじゃないの。宮の名誉を傷つけるような不埒者《ふらちもの》を、このわたしが捕まえて成敗してやるのよ。当然でしょう？」

冗談ではなく本気なのだと知り、香子は芯まで肝を冷やした。少納言が大胆不敵な気質の持ち主であることは薄々感じていたが、ここまでとはさすがに思わなかった。どうしようと香子は大いに困惑しながら、まずは理性的に相手を説得してみようと試みる。

「な、何をおっしゃっているのか、わかりかねますわ。わたくしは弘徽殿の女御さまにお仕えする一介の女房の越前で、外のかたを勝手に宮中へ手引きするなど、とてもとても――」

「往生際が悪いわね。いまさら何を言っているのよ、『源氏物語』作者の紫式部さん。ああ、もう、長いから略して式部さんでいいわね」

「でしたら、わたくしも略して納言さんとお呼びしますわ」

「略しすぎよ。せめて少納言にしなさい」

「では、少納言さん、すでに宮仕えから退いたあなたを、許可なく宮中に入れるわけに

はまいりませんわ。どうしてもとおっしゃるなら、別のかたに頼んでください。わたしはお手伝いなどできかねますから」

「あら、ずいぶんと薄情なのね。いいの？　そんなことを言って」

強固に突っぱねられても、少納言は気分を害するどころか、凄《すご》みのある笑みを浮かべる。厭な予感がして、香子はぞわぞわと肌を粟立《あわだ》てた。その予感は残念ながら当たった。

「彰子さまにお仕えする女房が、かつて定子さまにお仕えした清少納言のもとに出入りをしている……。これは、彰子さまや道長さまの動向を定子さまの兄・伊周さまに知らせるためであり、二心《ふたごころ》あるという証拠だ、などと言われたらどうするの？」

「ふ、二心ですって？　そんなはずがあるわけがないではありませんか」

息をあえがせ香子が否定しても、少納言の冷笑は消えない。

「こういう嫌疑は、一度かけられると、なかなか打ち消せないものなのよ。わたしもね、一時期、道長さまと関わりがあるのではないかと疑われて苦労させられたわ。あなただって困るでしょう？　そんなことになっては」

「わたしを脅すのですか？　ひどすぎませんか」

「宮のためなら、わたしはなんでもやるわよ」

「だからといって、宮中への手引きだなんてできるはずが……」

「大丈夫よ。わたしが宮仕えをしていたときにも、老いた女法師が御仏《みほとけ》の供え物のお下がりにありつこうとして、堂々と中に入りこんでいたのですもの」

「でも、それは内裏《だいり》の外の、職《しき》の御曹司《みぞうし》にいらしたときのことだったではありませんか」

職の御曹司とは、内裏の外側に広がる官庁街、大内裏にあった中宮職《ちゅうぐうしき》（中宮に関わる公務を司《つかさど》る）の庁舎で、一度は出家した定子を後宮に置くのはいかがなものかという意見があったため、一時期そこが定子の仮住まいとなっていたのだ。

その職の御曹司に、仏供《ぶく》のおこぼれ目当ての女法師——尼とは名ばかりの物乞いが複数回、顔を見せていたと、『枕草子』は伝えている。少納言を含めた女房たちは面白がって彼女の相手をし、女法師のほうも卑俗な歌を歌いながら派手に舞い踊ってみせ、褒美の衣を受け取っている。

「大内裏ならば下級官吏の出入りも多く、どうとでもなりましょうが……」

「夜なら内裏でも、どうとでもなるわよ。というか、してみせるわ。まして、わたしは内裏で宮仕えをしていましたもの。それぞれの殿舎の大雑把な間取りくらいは、まだこの頭の中に入っていてよ」

少納言は白髪の目立つ自らの頭を、つんつんとひとさし指でつついてみせた。

「だったら、おひとりで勝手になさいませ」

「さすがに、ひとりでは無理。だから、あなたが必要なのよ。お願い。とても、このままにはしておけないの。本当に宮の霊鬼が出るのか、この目で確かめてみないことには生涯、後悔することになるわ」

「駄目です、無理です、めちゃくちゃです」

かつては宮廷女房だったとはいえ、いまとなっては外部の者である少納言を、さすがに後宮にまでは手引きできない。もしもみつかったら、香子自身もどうなることか。それをいくら説いても、少納言はまるで聞き入れない。とんでもないひとと関わってしまったわと、香子は心の底から絶望した。

「万が一、本物の霊鬼だったら、どうしてくれるのですか。わたしが祟り殺されたら、少納言さんが仇《かたき》をとってくれるとでもいうのですか」

「しないわよ。そんなめんどくさいこと」

「ひどすぎませんか。あなた、それでも尼なのですか」

少納言は肩先までの長さの髪をさらりと掻《か》きやった。その手首には細い数珠が巻きついている。

「いちおう、ね。そうよ。みつかりそうになったら、『霊鬼を鎮める加持をさせるため、わたくしが尼を呼んだのです。そうでもしないと、おそろしすぎて執筆もままなりませんでした』と泣いて言い訳すればいいじゃない。物語執筆のためとなれば、きっと、お目こぼしもしてもらえるわよ。何しろ『源氏物語』は大人気ですものね」

「加持などできないくせに」

「あなたにならしてあげてもいいわよ。南無南無南無っと」

おざなりに念仏を唱え、少納言は式部の額をピンと指で弾《はじ》いた。全然痛くはなかったが、きゃっと香子は反射的に悲鳴をあげた。少納言は華やいだ笑い声をあげる。ふたりとも真剣であるのに、仲のよい女童たちがふざけ合っているように見えなくもない。

そのにぎやかさに驚いたのか、庭の紅梅の枝からメジロがパッと飛び立つ。小鳥が舞い飛ぶ空はどこまでも青く、気持ちよいほどの光に満ちていた。

四　御所に棲《す》む鬼

その日、陽《ひ》が暮れてから香子《かおりこ》は内裏《だいり》の藤壺《ふじつぼ》へと戻った。遅くなりましてすみませんと言い訳し、すぐに自分の局《つぼね》に引きこもる。食事を運んできてもらった以外は、疲れていますのでと告げて、誰も局には近寄らせなかった。

夜は静かにふけていった。

大したことは何もなく、中宮彰子《ちゆうぐうあきこ》も、幼い一《いち》の宮《みや》の面倒を見ていた倫子《ともこ》も、赤染衛門《あかぞめえもん》や和泉式部《いずみしきぶ》を含む大勢の女房たちも、それぞれの寝所で眠りにつく。

ただし、紫式部《むらさきしきぶ》こと、香子の局にはいつまでも明かりがともされていた。物語の執筆に邁進《まいしん》しているのだと思わせているため、邪魔をしに来る者はいない。隣の局は書庫代わりになっており、誰もいない。いないはずのそこに、青鈍色《あおにびいろ》の衣を着た清少納言《せいしようなごん》がひそんでいた。

牛飼い童《わらわ》にも協力してもらい、香子の牛車《ぎつしや》にこっそりと同乗させて、ここまで彼女を導いたのだ。まさか、こんなにうまくいくとは香子も思っておらず、事が簡単に運びすぎて、すっかり拍子抜けしてしまっていた。

「内裏の守りがゆるすぎて……。こんなに簡単でいいものかと……」

局で、少納言相手にぶつぶつと文句を垂れるも、

「いいんじゃなくて？　平和な証拠なのよ」

少納言は気軽く言ってくれた。警戒はしているが怖《お》じてはいない。その肝のすわりようには香子も驚くしかない。

「それにしても、本当に誰も来ないのね。あなた、ひょっとして同僚たちから距離を置かれているの？」

痛いところを突かれて、香子は一瞬、言いよどんだ。

「距離というか……、まだ新参の身ですから、あまり出過ぎてはならないと常々、思ってはおりますわよ」

藤壺の女房たちの中で、ひとり浮いた存在だとの自覚はあった。彰子からも倫子からも一目置かれているのだから、同僚たちも香子とどう接していいのか、正直、はかりかねているのだろう。こういった問題はいずれ時が解決してくれるものと香子も静観してはいるが、寂しく感じないでもない。

そんな弱みを少納言に見せたくなかった。とはいえ、これでも周囲に気を遣っているのだとわかって欲しい。迷ったすえに、香子は慎み深く告げてみた。

「なので、一という漢字も知らないふりをしておりますの」

どんな反応が来るかしらと期待しながら待っていると、少納言は信じがたいとばかりに首を横に振った。

「何を言っているの？　あなた、彰子さまに漢籍をお教えするために宮仕えにあがったのよね。それで一の漢字も書けないだなんて無理がありすぎるわ。最初から作戦を間違えているわよ」

歯に衣《きぬ》着せず、ずばずばと言われて、香子はたちまち赤面した。

「あ、あなただって、自分が漢籍を知っているからと、やれ香炉峰《こうろほう》の雪がどうのと自慢たらしく書き連ねるのは、いかがなものかと思いますわ」

「仕方がないじゃない。賢いのですもの」

「だから、そういう高慢な態度はどうなのかと」

「あら、そう？　ひとのことが言えて？」

少納言は手近に置かれていた香子の書きつけを指さす。

「それ、暇つぶしに読ませてもらったけれど、あなた、ずいぶんなことを書いているわよね。『清少納言は利口ぶって漢字を書き散らしているけれど、よくよく見れば間違いも多い』って、よくもまあ、名指しで言ってくれるわ」

「わたしの日記を読んだのですか！」

清少納言に対して思ったことをつらつらと書きとめ、どうせ誰も見はしまいと、そのあたりに置いておいたのだ。まさか、当人に読まれるとは予想もしていなかった。

「それだけならともかく、『ああいうひとは、いつしかろくでもないことになる』だなんて、まるであと出しの予言じゃないの。こういう陰口をわざわざ書くようなひとのほうが、のちのちの世で根暗《ねくら》だのなんだのと批判されるに決まっているのに、そこまでは考えなかったわけ？　ふうん、けっこうおめでたいひとだったのね」

いかにも小馬鹿にしたように肩をすくめられ、香子は怒りにふるふると震えた。

「ひ、ひとのものを勝手に読むほうが、どうかと思いますよ」

「何を言っているのよ。わたしたちの日記はひとに読まれるのが前提でしょうに。それに、この清少納言をあげつらうだけならともかく、同僚たちのことまで偉そうに品定めしているじゃない。女房の誰々さんは昔は美人だったのに、いまでは髪がすっかり抜けてしまってとか、よく書けたわね」

「待ってください、そこだけを取りあげないでください。ちゃんと、他のかたがたのことは、たくさん、たくさん褒めておりますし、『こんなことを書くのはどうかと思うが』とも書き添えましたわよ」

事実そうなのだが、少納言は耳を貸さずに言いつのる。

「それから、和泉式部さんのことも。『まず行いが感心できないし、艶《つや》めいた興味深い歌を詠むけれども、こちらが引け目をかんじるほどの歌人だとは思えない』だとか、なんとか」

「そこまで読んだのですか」

香子は顔をひきつらせ、なんとか反撃しようと試みる。

「確かに、他人の容姿のことをあれこれ書いたのはいけなかったかもしれませんわ。でも、和泉さんに関しては間違ったことは書いておりませんもの。歌と詠みびとの人格は別物で、そのふたつは区別したうえで冷静な評価をしなくては」

「だったら、行いが感心できないとか、それこそ余計なのではなくて？　歌と詠みびとの人格をごっちゃにしているのは誰なのかしらね」

もっともな意見に返す言葉が出ない。香子はいますぐ少納言をこの局から追い出してやろうかと思った。が、一転、

「でもまあ、この観察眼があるからこそ、あの『源氏《げんじ》物語』が書けたのでしょうね」

「えっ……」

急に持ちあげられ、香子は大いに戸惑った。少納言はふふんと鼻で笑って目を細める。

「大勢のひとがあなたの書く物語を待っているのよ。あんまり長くは待たせずに、でも、たっぷりと読ませてちょうだいね」

「……勝手ですわね」

「読み手はいつも勝手なの。あなただって立場が変わればそうなるでしょうに」

「まあ、それはそうですけれども」

期待されて嬉《うれ》しい反面、次もその期待に応えられるだろうかと不安になる。執筆が思うように進まないのは、何も霊鬼の影におびえているせいだけではない。ある意味、生きている読み手たちのほうが死んだ者よりもずっと怖かった。

表情に漠然とした不安がにじみ出ていたのかもしれない。少納言が言う。

「なぁに？　もしかして、創作に煮詰まっているの？　展開に迷っているとか？」

「いえ、迷ってなどはおりませんから」

このひとに物語の構想を語ったら情け容赦なくけなされそうだわと、香子は警戒した。厳しい意見も必要だと頭ではわかっているものの、こちらの創作意欲を削《そ》ぐほどの厳しさは実害がありすぎて困る。書き終えている段階でならともかく、これから書こうとしているところでは、かえって足を引っぱられかねない。

その一方で、清少納言の意見を聞く機会を逃してもよいものかと迷った。結局、香子は用心しながら小出し小出しに話すことにした。

「……大まかな構想は決まっておりますわ。ええ、そのための伏線も張っておりますしね。物語の舞台は、いよいよこのあと須磨《すま》に移ります。必要な流れだとわたしは考えるのですが、そうなると、主人公の都落ちを不満に思う読み手がいはしないかと……」

「受け取りかたは、ひとそれぞれですもの。ある程度は仕方がないのだし、いちいち気にすることもないわ。それに、いったんは盛りさがるかもしれないけれど、どうせ、源氏の君も須磨でずっと隠遁《いんとん》しているわけではないのでしょう？」

おお、真っ当な意見だわと香子は喜び、うんうんと大きくうなずいた。

「ええ。須磨から明石《あかし》に移り、そこで運命の相手と出逢《であ》って、子供も生まれます。将来、帝《みかど》の妃《きさき》となる姫君です。自分が須磨や明石をさまよっていたのも、この子を得るためだったのだと感激していたところで、源氏の君は都に呼び戻されます。その後の源氏の君は異母兄の朱雀帝《すざくてい》とも和解し、洛内《らくない》の六条《ろくじょう》に大きな邸宅を構え、そこに縁のあった女君《おんなぎみ》たちを住まわせて、満ち足りた日々を送るようになりますわ」

「めでたし、めでたし、というわけね。いいじゃない、それで。さまざまな恋に苦悩したすえに、都落ちという大きな挫折をも乗り越えての大団円。道長《みちなが》さまあたりから、続編を書けと迫られそうだけれどね」

「続編の構想もなくはありませんが……」

「あら、あるなら書けば？」

簡単に言ってくれる、と香子は盛大に舌打ちしたくなった。もちろん、そんなはしたない真似《まね》はせず、続編のことはまた別と割り切って、いったん話題を変える。

「それはそうと。今宵《こよい》は霊鬼も出そうにないですわね。すすり泣きも聞こえてきませんし」

「いまのところはね」

「あきらめて、もうお帰りになりませんか？　夜のうちに退出したらどうでしょう。そのほうが、人目につきませんし」

「あら、とんでもないわ。せっかくなのだから、最低でもあと三日はここにいさせてもらうわよ」

「三日ぁ？」

思いも寄らぬ返しに、香子の声が裏返った。少納言は平然としている。

「最初から、たったひと夜で霊に遭遇できるとは思っていなかったわよ。それにここなら読むものがたくさんあるし、三日ぐらいいても全然飽きないわ。なんなら十日でもいいわよ。『筆が乗っているから誰も来ないで。食事は多めに差し入れてちょうだいな』とでも言っておけば、食べるものにも困らないし」

「やめてください。わたしが大食らいだと誤解されてしまいますわ」

「あなたが食べるんじゃないの。物語を生み出すために大回転しているおつむが米を欲しているのよ。そう言っておけば？」

この女、簀巻《すま》きにして賀茂川《かもがわ》に放りこんでやろうかと、香子は真剣に思った。が、いくら真剣であったとしても、さすがにそれは実行に移せない。ならば、どうすればいいかと考え、ふと閃《ひらめ》いたままに言ってみる。

「わかりました。では、霊鬼を捜しにいきましょう」

今度は少納言がぎょっとする番だった。その驚いた表情を見られただけでも言ってよかったと、香子は溜飲《りゅういん》を下げる。

「ここでじっと待っていても仕方ありませんもの。霊鬼は何も藤壺にだけ出るわけではありませんし、弘徽殿《こきでん》のほうで見たという話もありますのよ。わたしが見た影も、後涼殿《こうろうでん》の殿舎の後ろに隠れるように消えていきましたし。それとも、なんですか？　怖いのですかぁ？」

怖がっているのは香子のほうだった。なにもわざわざ、自分のほうから霊鬼を捜したいわけではない。が、そのときは少納言を懲らしめてやりたい気持ちのほうがまさっていた。

少納言もそう来られては、引くわけにいかない。その挑戦、受けて立つわとばかりに肩をそびやかす。

「わかったわ。捜しにいきましょう。けれども、それで部外者のわたしが誰かにみつかったら、どう言い訳するつもり？」

「そうですわね……。『霊に執筆を邪魔されて困っていたので、知り合いの尼君に加持《かじ》祈禱《きとう》を頼もうと思い、こっそりお招きしたのです。いけないこととは知っておりましたが、こうでもしないとおそろしくて夜の執筆がままならず……。どうか、このことは内密に……』とでも言って泣いてみせますわよ。そうさせたかったのですよね？」

「あら、本当に泣いてくれるのね。楽しみだわ、あなたの泣き真似」

立ちあがった少納言は腰に手を当て、挑発するようにすがめた目で香子を見下ろした。

「じゃあ、行きましょうか。紫式部さん」

「ええ、いいですわよ。清少納言さん」

売り言葉に買い言葉。香子も引くに引けなくなって立ちあがる。

本当に泣けるだろうか、みつかったらどうしよう、霊鬼が出たらどうしようと、頭の中は混乱気味だったが、

（大丈夫。後宮《こうきゅう》を適当に一巡して戻ってくればいいだけのことだから。もう夜も遅いし、霊鬼だって毎晩、出ているわけではないのだから、いきなり引き当てるとは限らないわ）

と無理やり自分に言い聞かせ、局から出かけて――

「あ、そうだわ」

香子は文机《ふづくえ》の隅に置かれた小さな仏像を取りに戻った。それを懐に収め、衣の上からそっと押さえる。たったそれだけでも、何もないよりはずっと心強かった。

「いちおう、本物の霊鬼が出たときの用心として」

言い訳がましく言う香子に、少納言は、

「だったら、そこにある尊勝陀羅尼《そんしようだらに》の札を衿《えり》の裏に縫いつけておけば？　それなら落としてなくす心配もないじゃないの」

「なるほど、では」

さっそく糸と針を引っぱり出そうとするのを、勧めたはずの少納言が引き止める。

「冗談よ。ほら、行くわよ」

こうして、ふたりはこっそりと局を離れた。

簀子縁《すのこえん》に出て見上げた空には、月も星も出ていた。ところどころに釣燈籠《つりどうろう》の明かりもともっている。まったくの暗闇というわけではない。

ひとびとは寝静まっていたが、言いかたを変えれば、誰かが近くで眠っているわけで、命に危険が及ぶような事態が発生したなら、大声で助けを呼ぶのは可能だ。もっとも、そんな事態は起こらないに越したことはないが。

衣ずれの音にも気を遣って、ふたりは静かに後宮を歩んだ。戸にかんぬきが下りていて進めないところもあるにはあったが、そうでないところのほうが多く、捜索は難なく進んだ。いちばん厄介だったのは寒さであったろう。

屋内でも息が白くなる。素足の指先にも、床板の冷たさが染みる。身も心も、しんしんと冷えていく。

「昼間とはまるで違って、ずいぶんと静かだこと……」

白い息を吐きながら香子が独り言《ひとりごと》ちると、少納言も同意するようにうなずいた。

「わたしが宮仕えをしていた頃は、深夜になっても女房のもとに通う公達《きんだち》の沓音《くつおと》があちこちから聞こえていたのに。昨今の若いひとたちは恋もろくにできないほど臆病になったのかしら」

このひとは何かにつけて過去を美化するのねと思うと、香子も反論せずにはいられなくなった。

「臆病というのとは違うと思いますけど。彰子さまが思慮深く真面目《まじめ》なおかたですから、お仕えする女房たちも影響を受けて、公達の軽薄なお誘いには簡単に乗らなくなったのだと、衛門さまから聞いていますわ」

「つまり、お高くとまっていると」

「そういうふうに言うかたもおられるようですわね。藤壺は地味な気風だと……。でも、彰子さまはまだ二十歳《はたち》ですから、これからいくらでも変わっていかれると思いますわ」

彰子のいる藤壺がいままで地味だとみなされていたのは、主上《おかみ》に顧みてもらえずにいたからではないかと香子は考えていた。

亡きひとを理想の妻として、いつまでも恋うているような夫を持てば、自己への評価が低くなり、派手な振る舞いを嫌うようになるのも無理はあるまい。だが、それで魅力が乏しいと誤解されたままでは、いくらなんでも、もったいなさすぎる。もって生まれた気質はなかなか変えられないとしても、よりよい方向へ進もうという気持ちで行動すれば、やがては変化もあらわれるはず。香子はそう信じたかった。

（そうよ。主上もいつまでも過去を恋うてばかりではいられなくなるわ。だって、それでは寂しすぎますもの。十二歳の彰子さまは妃として幼すぎたでしょうけれども、ひとは成長していく。いまの彰子さまなら、定子《さだこ》さまを亡くされて傷ついた帝のお心も、きっと癒やしてさしあげられるはず――）

そうであって欲しいと、香子は心の内で強く思った。祈りにも近かった。

そんな香子の気持ちが伝わったのか、少納言が静かに言った。

「彰子さまはいい女房を持たれたようね」

意外な言葉に香子は目を瞠《みは》った。

「あら、褒めてくださるの？」

「だって、漢籍は教えてくれる、物語は書く、しまいには鬼退治までしでかそうとする。こんな女房が他にいて？」

香子は一瞬、ぽかんとして、それから危うく声をあげて笑い出しそうになった。両手で口をふさいで、声だけは立てないようにしたが、肩は大きく波打ってしまう。

奇妙なもので、少納言といっしょだというだけで怖さも薄らいだ。警固の武士に行き当たりそうになっても、敏《さと》い少納言がいち早く気づいて隠れるように指示してくれたため、みつかる危険は回避できて、行ける場所はほぼすべて無事に見て廻《まわ》れた。

「何も出なかったわね」

残念そうに少納言が言う。本気で霊鬼を捕まえる気だったのだわと、内心、香子はあきれた。と同時に、少納言のたくましさをうらやましいとも思う。

それだけ深く定子のことを敬愛しているのだ。輝かしくも遠い日々への憧憬が多分に含まれているとはいえ、いまは亡き主人にこうまで尽くす姿を見せられると、では自分はどうなのだろうという気持ちになってくる。

彰子のために、倫子のために、道長のために。尽くしたい気持ちは当然、ある。あるが、ここまで大胆には――

(いいえ。同じようなやりかたでなくても、わたしにはわたしなりの尽くしかたがあるはずだわ。漢籍をお教えすることもそうだし、物語を書くことも、きっとそう……)

夫と死別した悲しさ、心細さをまぎらわせるために始めた執筆だったのに、それがこんなふうに広がっていくとは。小さな芽が少しずつ育って、やがて大きく花咲こうとしているさまを見守っている気持ちにもなり、少しはホッとする。こうして夜歩きに付き合っているのも、愚かしいとは思いつつ、まったくの無意味ではない気がしてくる。

「……今夜は霊鬼も出てこないようですわね。そろそろ局に戻って、また明日にしましようか」

あら、と少納言は意外そうな顔をして香子を振り返った。

「明日もいていいの？」

「三日は居すわれそうだと、どなたか言いませんでしたか？」

「そうね。わたしが言ったのよね。じゃあ、十日」

「それは勘弁してください」

ふふふと笑った少納言と、香子は肩を並べて局に戻っていった。


翌日、少納言は本当に一日中、香子の局に居すわった。

時間つぶしの読み物はたっぷりとあるうえ、食事は香子の膳の横取りでまかなえるしで、少納言はごろごろと寝転び、「ここっていいわぁ」と局住まいを満喫していた。

一日の勤めを終えて局に戻ってきた香子は、あきれつつも少納言の剛胆ぶりを実は面白がっていた。

「おとなしくしてくれていたようですね。はい、今宵の膳《ぜん》ですよ」

厨《くりや》からもらってきた膳（わたしが運びましょうかと雑仕女《ぞうしめ》に言われたのは断った）を置くと、少納言は喜色満面となり、膝でずりずりと這《は》い寄ってくる。

「気のせいかしら。　昨日の膳よりも大盛りよね」

「気のせいではありませんよ。わたしが厨の雑仕女に『執筆しているとおなかが空《す》くから大盛りにしてね。物語を生み出すために頭が米を欲しているのよ』と言ったからですよ」

少納言に言われたほぼそのままの台詞《せりふ》に、少納言自身も相好を崩す。

「あらあら、そうしたら相手はなんて？」

「笑われました。こんなに楽しいおかたでしたのねと」

「いいじゃない、いいじゃない。そうやって身分の上下を問わず誰にでも愛想よくしていたほうが、いざというときの頼りにもなって、宮仕えが少しは楽になるわよ」

定子のもとで八年近く宮仕えをしていた少納言は、したり顔で女房としての心得を述べつつ、箸を握った。香子も予備の名目でもらってきた箸を使い、大盛りの飯をふたりで分け合う。夜食の分もお願いと頼んだので、量はとにかく十二分にあった。

献立はいつもとさほど代わり映えはしない。なのに、ふたりで向かい合って食べていると、より味わいが深まっていく気がするのが不思議だった。

食べ終えて、満腹満腹と少納言は膨れた腹をさすった。

「ところで、今日はこれを読んでいたのだけど――」

香子は少納言が差し出したものをなんの気なしに覗《のぞ》きこみ、あっと小さく声をあげた。

「もしかして、これは『源氏物語』の続編？」

「まあ、そうとも言えるような、違うような……」

ちらちらと視線をさまよわせ、さんざんためらったすえに、香子は「実は……」と切り出した。

「実は、源氏の君の次の世代の話を考えておりまして……」

「あら。もうさっそく次の世代？」

「いえ、もともとはまったく別の話で、ずいぶん昔から頭の中でとりとめもなく考えていただけだったのですが、源氏の君亡きあとの話にするのもいいかもと思えてきたので、あらましを少しだけ書き留めてみたのですよ。主人公は源氏の君の子で、名は薫《かおる》——生まれつき、身体《からだ》からかぐわしい香りを放つためにそう呼ばれておりまして」

少納言は怪訝《けげん》そうに眉根を寄せた。

「身体からかぐわしい香り？　香をたきしめているのではなく？」

「違います。何もせずともそうなのです。素敵だと思いません？　天界に住むという天人のようでしょう？」

同意を求められて、少納言はますます眉間の皺《しわ》を深く刻んだ。

「どうしてまた、そんな設定に？」

改めて問われると、香子も急に不安になってくる。

「えっ、変ですか？」

「変というか、ちょっと違和感があって。いままでも廃院の物《もの》の怪《け》や生霊《いきりょう》なんかは登場したけれど、不思議な要素はさほど強くはなかったから」

「違和感……。そうですか……」

どう説明したものかと迷いながら、香子はおそるおそる打ち明けた。

「わたし、本名を香子といって……。香りの子と書きますの。だから、でしょうかね。この設定は特に気に入っていたのですけれど」

えっ、と少納言は目を丸くして驚きの声をあげた。

「自分自身を物語の主人公に当てはめたということ？　しかも男主人公に？」

「いけませんか？」

「いけなくはないかもだけれど……、それはちょっと……引くかも」

「引く？　駄目なんですか？　どうしてですか？」

「なんていうか……、痛い？」

「痛いとはなんですか、どういう意味なのですか」

香子にしつこく追及されて、それまで歯切れの悪かった少納言の口調が畳みかけるかのような早口に変わった。

「だから、なんだかこう、ぞわぞわするというか、作者の思い入れが強すぎて読み手が冷めてしまうというか。とにかく、それはやめたほうがいいわよ。絶対に。うん」

「どうしてですか、なぜ冷めるのですか。作者が主人公に思い入れをもって書くのは当たり前ではありませんか」

「だから、その、ええっと、なんて言ったらいいのかしら。ああ、もう、わたしにも説明なんてできないわよ」

「説明もできない意見を押しつけないでください」

「押しつけてなんかいないわよ。感じたままを正直に言ったまでよ。耳当たりのいい意見だけが欲しいのなら訊《き》く相手を選びなさいよ」

「わかりました、もう訊きませんから」

ふんっと鼻息も荒く言い放って、香子はそっぽを向いた。少納言も反対の方角を向く。

互いに意地を張って、しばらくは押し黙っていたが、香子のほうが先に沈黙に耐えきれなくなり、もそもそとしゃべり出す。

「……実はもうひとり、重要な登場人物となる貴公子が出てきて、彼は薫の君に対抗して薫き物《たきもの》に凝るようになり、世間からは匂《におう》の宮《みや》と呼ばれるわけですが……。それも痛かったりします？」

「……そこまで考えたのなら、いっそ堂々とやれば？」

「ええ、堂々とやります」

ひとまず、続編の主人公問題はかたがついた。

その夜も、ひとびとが寝静まってから、香子と少納言は後宮内の探索へと出発した。

昨夜以上の冷えこみに、みなも暖を求めて早々と夜具にくるまることにしたのだろう。警固の武士さえ篝火《かがりび》のそばを離れようとはせず、巡回しに来ない。霊鬼も出ない。

「今宵も無駄足に終わりそうですわね……」

まだたった二晩目。あきらめるには早い気がしたが、寒さには勝てなかった。

「身体も冷えてきましたし、そろそろ局に戻り……」

戻りましょうか、と香子が言いかけたそのとき、唐突に少納言が柱の陰に隠れた。何をふざけているのかと思った次の瞬間、

「こんな夜ふけに何をなさっておられるのか」

庭先にさっと大柄な人影が現れ、威圧感のある低い声で詰問してくる。

庭にひとの気配などまったく感じていなかった香子は、すわ霊鬼かと仰天して振り返った。が、白い影とは違う。生きた人間、それも直衣《のうし》姿の男だ。

武士のようにがっしりとした体格と髭《ひげ》の濃いその容貌に、香子は見おぼえがあった。

「あなたは確か、道長さまにお仕えしている……」

名前までは知らなかったが、道長のそばに控えているのを一度、見かけたことがあったのだ。中級、下級の貴族が、上級貴族の家司《けいし》として仕えるのもよくあることで、目の

前の男もそんなひとりだった。ならば、道長の娘の御座所《ござしょ》にいてもおかしくはない。

「藤原保昌《ふじわらのやすまさ》だ」

男は名乗り、うさんくさそうに香子をじろじろと睨《にら》む。わたしも名乗らなくてはと思いながらも、男の暑苦しいまでの眼力に気圧《けお》されて言葉が出ない。少納言はちゃっかり自分だけ隠れてしまったので、頼るに頼れない。

「わ、わたしは紫……」

「あら、紫さん」

優しい響きの声がかかる。振り返れば、そこに和泉式部が立っていた。

「どうしましたの？　こんな夜遅くに」

それをあなたが言いますかとも思ったが、ちょうどよかったと香子は和泉に救いを求めた。

「いえ、眠れなかったものですから、少し身体を動かそうと思ったのです。そうしましたら、このかたに呼び止められて……」

香子が髭づらの保昌のほうを両手で指し示すと、和泉は彼に向かって花のごとく、にっこりと微笑《ほほえ》みかけた。

「だそうですわよ、保昌どの。怪しいかたではありませんから、どうぞご安心を」

「あ、ああ……」

保昌は和泉の笑みに露骨に戸惑っている。過剰なほどのその狼狽《ろうばい》ぶりに、香子ははたと気がついた。てっきり就寝したものと思っていた和泉がここにいるのも、誰かと密会しようとしていたからで、もしやその相手が……。

「まさか、このかたが南殿《なでん》の梅の花ぬすびと？」

保昌がぎくりとして、その強面《こわもて》をたちまち朱に染める。和泉は否定も肯定もしなかったけれど、彼女の返事を待つまでもなかった。

髭がこわくて顔が怖いのもそうだが、どう見ても和泉よりずっと年上だ。二十歳近くは離れているだろう。ふたりの若き親王を惑わせた和泉に、よくもまあ、こんな無骨な男が言い寄れたものだと、香子は心底あきれた。その一方で、

（でも、かえっていいかもしれない、その意外さが……）

と、妄想がむくむくと芽生えてくる。

（そうね、たとえば、壮年になって落ち着いてきた源氏の君が、若くて美しい女君をどこからか養女に迎えて、いっそ娘ではなく自分の妻にしてしまおうかと、また悪い癖を出しかけていたところで、むさ苦しい髭男に横から女君を奪われるとか、そんな展開もよかったりしない？）

今度は香子が保昌をじろじろと観察する番だった。その無遠慮な視線に耐えきれなくなったのか、保昌は「は、早く寝所に戻って休みなされ」とぶっきらぼうに言って、そ

の場から急ぎ足で離れていく。

結果的に和泉に救ってもらえたことになり、香子はホッと息をついた。

「助かりましたわ。ありがとう、和泉さん」

「いいえ、わたくしは何も。それより……」

和泉の視線が、少納言の隠れている柱に向く。

「そちらにいらっしゃるのは、どなたなのでしょう」

気づかれていたと知り、和泉の勘のよさに香子は戦《おのの》いた。少納言は、すっと柱の陰から姿を現し、横目で何事かを香子に指示してくる。その意図を遅ればせながら悟り、香子はあわてて弁解を始めた。

「あ、あの……。実はわたくし、霊鬼に執筆を邪魔されて以来、おそろしさのあまり、筆が進まず困っておりまして……」

和泉は少納言から、しどろもどろに言う香子へと視線を移した。

「執筆の邪魔……。ああ、局の壁代《かべしろ》を誰かに思いきり叩《たた》かれた件ですわね」

「はい。それで、このままではいけないと思い、知り合いの尼君に加持祈禱を頼もうと、こうしてこっそりお招きしたのです。彰子さまの許しも得ずにこんな勝手な真似をして、いけないこととは百も承知しておりましたわ。けれども、衛門さまに相談しても相手にすらしていただけず、かといって、このままでは夜の執筆もままならないので、仕方なくなく……」

ここで泣いてみせなくてはと、広袖を顔に押しつけ、ぐっと目をつぶる。しかし、涙は一滴も出てこない。やけになりつつ、香子は広袖の陰で大袈裟《おおげさ》に声を震わせた。

「どうか、どうか、このことは内密に……」

「わかりましたわ」

あまりにあっさりと和泉に言われ、驚いて香子は顔をあげた。涙など流していないことに気づいただろうに、和泉は指摘しようともしない。

少納言は背中を丸くし、手首に巻いていた数珠をすり合わせて、わざと年寄りくさい声を出した。

「ありがとぅごぜぇます。納言と申しぁす。かわいがってやってつかぁさい」

なんなのそれは、どういう設定なの、少納言の「少」を抜いただけじゃないのと香子は叫びそうになったが、こらえた。和泉はくすくすと笑っている。

「面白いわね。尼君の加持で本当に霊が成仏するのなら、わたくしもついでに頼んでみようかしら」

少納言はちらりと興味深げに和泉を見上げた。

「はいはい、霊でお悩みで？」

「悩んではいないわ。霊のほうを虚《むな》しい執心から解放してさしあげたくて」

あのとき見かけた白いもやのことだわ、と香子は察した。

和泉には霊に手を出されそうになった自覚があるのか。霊の正体を知っているのか。怖くはないのか。

疑問が次から次へとあふれてくるのに、問うに問えない。もどかしさに身悶《みもだ》えする香子の視界の隅を、白い影がふわりとよぎった。

ハッとして振り返れば、南側の渡殿《わたどの》の先を白い人影がゆっくりと歩んでいる。

「あれは……！」

香子が指さすと、少納言も和泉もそちらを振り返って、白い人影を視認した。全身真っ白な影は、やはり物の怪の類いとしか思えない。

霊鬼は本当にいたのだと知り、香子が戦慄していると、

「霊鬼？　まさか、そんなはずがないわ」

弱々しげな老尼君のふりをやめて、少納言がきっぱりと否定した。この期に及んでも、彼女は定子の霊が出ることを認めたがらない。

「でも、白い影が。あれは霊鬼ですわよ、本物の。霊はやはりいたのですわ」

「それでも宮だとは限らないわよ。この後宮には、死して霊鬼にもなろうというかたが大勢いらっしゃるのだもの」

「では、誰だというのですか」

「それを確かめに行くのよ」

勇ましく言い放つや、少納言はだん、だん、だんと足音を響かせ、白い影へと一直線に向かっていく。

「その歩きかた、おやめなさいよ」

香子の忠告に耳も貸さない。和泉は口もとに手を当て、あきれ顔で尼君の突然の暴走を見送っている。

このままだととんでもないことになると香子はあせり、とにかく少納言を止めようと必死に彼女を追った。幸い、和泉はついてこようとはしない。

「待って、待ってください」

香子が呼びかけても少納言は振り返らないし、走る速度も落とさない。ただひたすらに、猟犬のごとき執念で霊鬼の影を追跡している。

香子も走った。そこまで忠義を尽くせば定子さまもきっとご満足なさるわよ、あなたがわざわざ危険を冒す必要はないわよ、と少納言に言ってやるために。

白い影は追われていることに気づいていないのか、足取りも変えず静かに歩んでいた。そのおかげで少納言も渡殿を渡り、後涼殿に差しかかったところで影に追いつけた。その背に両手でつかみかかり、力ずくで引き止めようとする。

次の瞬間、ばさりと音がして、少納言の両手が白い布をつかんだ。

霊鬼と見えた白い影は、頭からすっぽりと布をかぶっていたのだ。

布を引きはがされたその下にいたのは、二十代なかばとおぼしき女人《にょにん》だった。目立つ顔立ちではないが、女房装束ではなく、表が白で裏に蘇芳色《すおういろ》を重ねた梅襲《うめがさね》の小袿《こうちき》を身につけており、それが女房よりも位が上である証《あかし》ともなっている。

噂《うわさ》の霊鬼は生きた人間だったのだ。

正体を暴かれたというのに女は感情をいっさい表さず、虚《うつ》ろな顔を少納言に向けていた。目をあけたまま眠っているのではないかとさえ思えた。霊鬼の意外な正体に、少納言も呆然《ぼうぜん》としている。

やっとふたりに追いつけた香子は、息をあえがせながら尋ねた。

「誰なの、このかたは」

なんの反応も示さない女に代わり、少納言が応えた。

「このかたは……暗部屋《くらべや》の女御《にょうご》さまよ」

「暗部屋の？」

暗部屋の女御。それは今上帝《きんじょうてい》の妃のひとり、藤原尊子《たかこ》だった。

父は藤原道兼《みちかね》。道長の兄だ。長男だった道隆《みちたか》が病没後、その地位を引き継いだものの、流行《はや》り病にかかってすぐに逝去したため、〈七日《なのか》関白〉と呼ばれた人物である。

十五歳の尊子が四歳上の今上帝のもとに入内《じゅだい》したのは九年前、〈七日関白〉の父が亡くなったあとだった。

有力な後見人もおらず、当時の今上帝は定子と熱愛中。尊子はほとんど顧みられることなく、暗部屋と呼ばれる、後涼殿の一室でひっそりと暮らすことになる。後涼殿の女御ではなく、暗部屋の女御と彼女が呼ばれるようになったのも、もしかしたら、そういう寂しい状況を反映していたのかもしれない。

「おとなしいかただと聞いていたし、わたしも女房だった時分に遠目でちらりとお見かけしただけだけど……」

なぜ、暗部屋の女御がここに。

その疑問に答えてくれたのは、殿舎の暗がりから現れた直衣姿の人物だった。

「やれやれ、乱暴なことをなさる」

やや苦笑混じりに言ったのは源中将《げんちゆうじよう》頼定《よりさだ》だった。えっ、と香子は驚きの声をあげた。

「よ、頼定さま？　どうして……」

以前、すすり泣きの声に惹《ひ》かれて香子が夜の御所を探索したときも、頼定とばったり遭遇した。またもや、こんな場面で彼と鉢合わせするとは、偶然とはとても思えない。

少納言は白い布を手放し、香子の後ろにさっと隠れて、袖で顔を覆った。宮廷女房だった頃に彼女は頼定と対面しており、急いで身を隠す必要があったのだ。

頼定は、香子の背後に隠れた少納言を見やり、その短い髪と青鈍色の装束に着目した。

「なぜ、尼君がここに？」

「それは、あの、わたくしが霊鬼祓《ばら》いの加持を頼むつもりで、こっそりと……」

「なるほど。さすが、物語の作者ともなると考えることが違うね」

香子の下手《へた》な言い訳を、頼定はあっさりと受け容《い》れた。尼があの清少納言だと気づいた様子はない。少納言も和泉とのときのような余計な真似は一切せず、青鈍色の袖で顔を隠して沈黙を守っている。

頼定は落ちた布を拾いあげ、もう片方の腕を虚ろな表情の女人の背にそっと廻した。

「さあ、女御さま。こちらに」

甘いそのささやきが聞こえたのか、彼女は頼定の胸に頬を寄せて目を閉じた。寄り添って立つふたりは、相思相愛の恋人同士としか見えない。

「そのかたは——暗部屋の女御さまですわよね？」

香子が確認すると、頼定は浅くうなずいて肯定した。

「女御さまはね、深夜に眠ったまま歩かれる癖がおありなのだよ」

「眠ったまま歩く……？」

「ああ。ときどき、すすり泣いたりもしてね。あなたが以前に聞いたすすり泣きは、女御さまのものだったのだと言ったら納得してくれるかな？」

そんな、と言いかけた香子だったが、わが子がもっと幼かった頃、夜中にふらふらと起きあがって邸内を歩きまわったことが一、二度あったのを思い出して口をつぐむ。

「それほど、しょっちゅうなわけでもないよ。この頃、少し出歩く機会が増えたようではあるが、仕方がないね、中宮彰子さまがにわかにときめき始めたと聞いては、女御さまも心穏やかではいられなかったのだろう。入内されて九年近く。その間、主上のお召しもめったになく、宮中にあってもほとんど忘れられた身で、どれほどの苦しみを抱えこまれたことか……」

まるで昔物語を読みあげるかのように、頼定はしっとりとした魅惑的な声で暗部屋の女御の苦境を語る。

「一方、中宮彰子さまは八年前に十二歳で入内。似ているようでも大きかった違いは、父君の道長さまが頼もしい後見役として存命中であったこと。事実、道長さまは『源氏物語』の作者を女房として引きこむという前代未聞の奇策を弄して、主上の関心を彰子さまに向かわせることに成功された」

「奇策だなんて……」

「言いかたが悪かったかな。でも、事実だろう?」

頼定は小首を傾《かし》げて、にこりと微笑んだ。麗しの貴公子にそんな笑みを向けられては、香子も黙らざるを得ない。

「後宮の中を歩くだけだ。なんの障りもありはしない。ただ、さすがに人目についてしは女御さまの名誉に関わる。だから、こうして白い布をかぶせて、霊鬼だと思わせることにしたのだよ。こういう心が虚ろなときに乱暴に揺り起こそうものなら、魂が驚いて逃げてしまい、二度と身体に戻ってこなくなるという話もあるからね。無理に止めたりはしなかった。女御さまの夜歩きが始まったら、お付きの女房が頭から布をかぶせて全身を覆い、わたしに知らせる。わたしは陰ながら、そっと女御さまを見守り、暗部屋に無事に戻られるまでを見届ける。他人からしてみれば、はた迷惑な話だったかもしれないが、知ったことではないよ」

「なぜ、そこまで……」

「こうすることで女御さまの気鬱が少しでも晴れるのなら、わたしにとってこんな嬉しいことはない」

その告白は、恋する男の静かな情熱に満ちていた。

彼は、天皇になれなかった皇子《みこ》を父とし、臣籍に下った本物の源氏の君。だからこそ、帝や東宮《とうぐう》といった尊い身分のかたの妻女に、並々ならぬ関心をいだくのだろう。ましてや、その妻が不遇の身にあり、孤閨《こけい》をかこっていようものならば、わたしがぜひとも慰めてさしあげたいと切望する。そういう男だったのだ。

かつて東宮妃を孕《はら》ませた前科のある彼は、そのときは特にお咎《とが》めはなかった。が、このの ち、東宮が帝位を継いで、三条《さんじょう》天皇となったその在位中、頼定の昇進は完全に止まる。

血すじのよかった頼定をおおっぴらに裁くことはできなかったものの、妻を寝取られた三条天皇はその屈辱を忘れておらず、しっかりと意趣返しを行ったのだ。

それでも、頼定は懲りなかった。

また別の、帝の未亡人との駆け落ち騒ぎを引き起こし、都中の話題をさらうわけだが――それはもっと先の話となる。

未来の予見まではできずとも、頼定の特異な嗜好《しこう》を十二分に理解した香子は、遠慮がちに首を縦に振った。

「わかりました……。女御さまの名誉のためにも、わたしたちは何も見なかったことにいたしますわ。でも」

「でも？」

「こんな寒い時分に頻繁に出歩かれては、女御さまのお身体が心配です。霊鬼だと噂になるのもよろしくありませんし、気鬱が夢遊の原因だとしましたら、どうか女御さまの憂いを取り除いてくださるよう、頼定さまにお願いできませんでしょうか」

思い切って懇願してみると、頼定は長いまつげを困惑気味に伏せた。

「わたしでは無理なのだよ。この想《おも》いを伝えはしたのだが、女御さまは頑《かたく》なにわたしを拒まれて……」

こんなきれいなかたを拒む女人がいるなんてと、香子は切なくさえなった。

（でも、そうよね。いくら顧みられていないとはいえ、帝の妃が不義密通はさすがにね……。んっ？）

そんな物語を自分自身が書いていたことに遅れて気づく。なんて罪深いことをしたのだろうと、おそろしさに身がすくむ一方で、描写したからこそ、源氏の君と密通した藤壺の宮の葛藤を近しく感じることができた。

藤壺の宮は罪の意識に戦き、源氏の君の子を産んで悩み苦しんだすえに、出家の道を選ぶ。では、源氏の君を拒み続けていたなら、どうなっていたか。

そんな女君も物語の中にすでに登場している。彼女のことを思い浮かべながら、香子は頼定に言った。

「――では、どうか文《ふみ》だけでも送り続けてはくださいませんか。わたくしがいま執筆中の物語に朝顔《あさがお》の斎院《さいいん》という女君が登場しておりますが、かの君は源氏の君から求愛され、女君のほうも心の底では源氏の君を慕いつつも、恋の争いに巻きこまれて醜態をさらしたくはないからと、この先もずっと孤高を保ち続けます。源氏の君のお心を頑なに拒むわけですが、愛されたこと自体はきっと女君の生きる支えとなっていくはずなのです。暗部屋の女御さまも、頼定さまほどのかたからここまで慕われて、嬉しくないはずがありません。たとえ現世では結ばれずとも、女御さまのお気持ちは満たされて、やがては夜歩きも自然と収まってくるのではないでしょうか」

そうであって欲しいと願いながら、香子は必死に訴えた。頼定は瞬《まばた》きをして、

「わたしの恋心が女御さまの生きる支えになると……？」

信じがたいと言いたげに、でも、微《かす》かな望みの芽生えを感じているかのように、頼定の表情が揺れる。

暗部屋の女御は目を閉じ、頼定の胸にじっと身を預けている。彼を信頼していなければ、夢遊の状態であっても、そんなふうに安心しきってはいられないはずだと香子は思い、そのままを伝えた。頼定は薄く微笑み、

「そうであってくれたらいいのだがね」

どこか自信なさげにつぶやき、女御を抱き寄せ、香子たちに背を向ける。香子ももはや彼を止めることはできなかった。

（いつの日か、暗部屋の女御さまが頼定さまのお気持ちを受け容れるときは来るのかしら。仮に想いが通じ合ったとしても、おふたりのお立場では幸せになれるかどうかはわからないけれど……）

どうか、誰しもが幸福になれるような道がみつかりますように。そう祈りつつ、去っていくふたりを見送る。その後ろ姿は、結ばれぬがゆえに尊く美しいものとして香子の目に映った。

（美化していると言われればそれまでだけれども……）

　しばらくして頼定たちが見えなくなってから、少納言が香子の背後からおもむろに身を起こした。青鈍色の袖を下ろして、大きなため息をつき、つぶやく。

「宮の中将さま……。あいかわらず、形よき公達だこと。そして、あいかわらず、高貴で寂しい女人がお好きなようね」

「何が？」

「いろんなかたがいるものよね……。でも、よかったわ」

「霊鬼はいなかった。白い影の正体は暗部屋の女御さま。あなたの定子さまは鬼になどなってはいなかったのよ」

　少納言が目を瞠る。

「当たり前よ。わたしは最初からそう信じていたわ」

　強気で応えて、ぷいっと横を向く。さぞや安堵《あんど》しているだろうと思ったのに、少納言の表情はいまひとつ晴れない。

　霊の姿でも構わないから、敬愛する主君に再び相まみえたかったのではないかしらと香子は察した。だが、さすがにそうなのかと、この場で訊くわけにもいかない。

「……さあ、局に戻って、もう寝ましょう。それとも、余った姫飯《ひめいい》で夜食にします？」

　食べ物で釣るのもいかがなものかと思ったが、

「いいわね、夜食も」

そっぽを向いたまま、少納言は浅くうなずいてくれた。

五　曲水の宴

暗部屋《くらべや》の女御《にょうご》と遭遇した夜を境に、白い人影の新たな目撃譚《たん》はほとんど聞かれなくなった。

たまに女房たちの間で、「夜中に目が醒《さ》めると金縛りに」だとか、「髪の毛がごっそり抜けていく」などの恐怖の体験談がささやかれはするものの、明らかに暗部屋の女御とは関係がない。

（頼定《よりさだ》さまが愛情をもって接してくださるおかげで、女御さまも落ち着かれて……ということだったら、いいのだけれど）

そうは願えど、確かめるすべはない。とりあえず平穏なのはよいことだとみなして、香子《かおりこ》は進講に執筆にと心血を注いだ。その甲斐《かい》あって『源氏《げんじ》物語』の次の巻も、しごく順調に書き進んでいた。

さすがに桜が咲いている間に書きあげるのは無理そうだったが、どうせ花の季節は行事や宴《うたげ》も多い。読み手も落ち着いて物語にひたれないだろうから、ここで変に焦るまいと、香子は進行についても冷静に考えることができた。

あるとき、帝《みかど》が彰子《あきこ》の御座所《ござしょ》である藤壺《ふじつぼ》を訪れ、香子にも直接、ねぎらいの言葉をかけてくれた。話に聞くばかりで想像するしかなかった二十八歳の帝は、その想像を遥《はる》かに超えて素晴らしかった。

学問好きだと聞いていた通り、聡明《そうめい》そうな面差し。優しく穏やかな口調に加え、声自体も耳に心地よく、可能ならば声のみをつかまえて、静かな夜にいついつまでも聞いていたいほど。さらに、裾を長く引いた御引直衣《おひきのうし》が、彼の生まれながらの気品を引き立てて。まさしく雲の上のおかただわと、香子も年甲斐もなくぼうっとなった。

交わした言葉はそう多くはなく、「物語の続きを楽しみにしているよ」と言われたことだけしか香子の記憶には残らなかったが、もうそれだけで頭もおなかもいっぱいになり、これは絶対、実家に戻った際に家の女房たちに自慢しなくてはと、しかと心に刻む。

この主上《おかみ》を魅了するほどの教養ある貴婦人に彰子さまを養成しなくてはならないのねと、今後の課題も鮮明に見えてきた。次の進講ではどういった書籍を持ち出そうかと思案するのも楽しく、教育係としての腕が鳴る。

帝と彰子が語らう様子を、間近で見られたのも感激だった。

夫婦だというのに彰子は恥ずかしがって言葉少なく、はたで見ていてじれったく思わなくもなかったが、そんな八歳年下の妃《きさき》に帝はずっと愛情深く接していた。

源氏の君と紫《むらさき》の上《うえ》の年齢差もちょうどこれくらいになるのよねと、物語と現実の一致に、香子は思いを馳《は》せた。

最初から仕組んだことではなかったものの、道長も推奨しているし、この偶然を利用しない手はない。この先、物語上で紫の上を比類なき貴婦人として描けば、きっと主上も現実にいる紫の上への気持ちを深めていくだろう。それはそれで喜ばしいことだから。

こんなふうに策をめぐらす女房を、亡き皇后定子《さだこ》はどう思うだろうかと、考えなくはなかったが――

霊鬼はいない。あれは定子ではない。

死んだ者の幻影を作りあげていたのは、生きている者。

夜におびえ、すべてを闇一色に塗りつぶしてしまうよりも、昼の光の中で健やかに生きるほうが、どれほど多くの喜びを生み出せるか。失ったもの、得られなかったものを泣きながら求めても、どうしようもないではないか。

だから、わたしがしていることは間違ってはいないのよと、香子は重ねて自分に言い聞かせていた。

そうこうしているうちに御所の桜も花盛りとなり、曲水《きょくすい》の宴《えん》が催されることとなった。

曲水の宴とは、庭を流れる遣水《やりみず》（曲がりくねった水路）に酒盃《しゅはい》を浮かべ、盃《さかずき》が自分の前を通り過ぎていく前に歌を詠むといった趣向の宴会である。

今年の曲水の宴には、香子も歌人として参加することになった。そんな大事なお役目はもっと歌の上手なかたにお任せになってくださいと、香子はさんざん辞退を申し出たのだが、道長《みちなが》からのたっての要望とあって、結局、宴に出る羽目になる。

あれが『源氏物語』の作者、あのような才女を女房に抱えるとは、さすがは中宮彰子《ちゅうぐう》さまと、みなに思わせたい。平伏《ひれふ》させたい。それが道長の目的であることは間違いなかった。正直、そんなことにまで自分を使わないで欲しかったが、言って聞く道長でもない。

仕方がないわ、これもお勤めのひとつだものとあきらめ、しぶしぶながら香子は宴の席へと出向いた。

当日、空は青く澄み渡り、満開の桜の花と見事な対比を見せてくれた。

選ばれた歌人たちは男女ともそれぞれに装いをこらしていた。樺桜《かばざくら》の唐衣《からぎぬ》をまとった女流歌人に、桜萌黄《もえぎ》の直衣を着た若き官吏などなど。和泉式部《いずみしきぶ》もその中にいた。彼女は白と赤花色を重ねた桜の唐衣を着て、そのたおやかさで周囲のひとびとを惹《ひ》きつけている。

屋内から庭の様子を眺める女房たちも、桜はもちろん、桃に躑躅《つつじ》に山吹にと、季節の花々を模した色とりどりの装束に身を包み、幾重にも重なったその衣の裾を御簾《みす》の下から出衣《いだしぎぬ》として覗《のぞ》かせる。

帝は彰子とともに清涼殿《せいりょうでん》の玉座の上から、この雅《みやび》やかな光景を観賞していた。彰子のそばには赤染衛門《あかぞめえもん》が控えている。

香子は、表に薄色《うすいろ》（薄紫）、裏に萌黄色（黄緑）を重ねた藤の唐衣を着用していた。桜関連のほうがいいかしらとも思ったが、世間から求められているのは『源氏物語』作者としての紫のゆかり。やはりこの色合いだろうと衛門とも相談したうえで、藤の花を連想させる装束を着ることにしたのだ。口うるさい先輩女房もきっと満足していることだろう。

紫式部《むらさきしきぶ》という、自分には風雅すぎるような女房名《にょうぼうな》にもだいぶ慣れてきた。内心はどうあれ、堂々としていなくてはねと思いつつ、香子は精いっぱいのすまし顔で、遣水の前に敷かれた薄縁《うすべり》の上にすわる。

地上は芝の緑に覆われ、頭上からは桜の花びらがわずかながら散り始めていた。遣水の流れの上にも、桜の花びらが数枚、浮かんでいる。

ああ、これなら用意しておいた歌の情景ともぴったりねと満足しつつ、香子は心の中でこっそりと自作の歌を復唱する。

春の日のうららにさして行く舟は
棹《さお》のしづくも花ぞちりける

春の陽射《ひざ》しがうららかに射す中を舟が進んでいく。その棹から滴り落ちる雫《しずく》も、まるで桜の花びらが散っていくかのようです、との意だ。

宴が始まり、酒盃を載せた作り物の小舟がゆっくりと流れてきた。まだまだ香子のもとに来るには間がある。余裕で筆を手に取り、待ち構えていると――ふと、揺らぐ水面《みなも》に映る影に、香子の目がとまった。

自分自身の影であるはずなのに、なぜか違う気がする。すわり位置からして、そこに影が映るのは香子以外にあり得ないのに。

長い髪をした女人《にょにん》の影だった。さざ波がたっているせいで目鼻立ちまでは見分けられないが、おそらく初めて見る顔だ。宴の出席者とも該当しない。

（なんなの、これは……）

いないはずの誰かが水に映る。その不気味さに、筆を持つ香子の手が震える。後ろに引いた裳裾《もすそ》の先から、冷たい不安がぞわぞわと這《は》いあがってくる。

物《もの》の怪《け》だ。霊だ。鬼だ。そうとしか考えられない。

春の陽光がこんなにも明るく降り注いでいるのに。御所に出る鬼は定子ではなく、夢遊する暗部屋の女御だったはずなのに。

まわりにいる大勢の歌人たちは、ひとりとして異変に気がついていない様子だった。香子だけが怪異に直面し、身の危険におびえている。逃げたくとも四肢がこわばって逃げられない。

盃を載せた小舟がすぐそこにまで近づいてくる。急いで和歌をしたためないといけないのに手が動かない。そんな余裕はもうかけらも残っていない。

(誰か……!)

助けを呼ぼうとしたそのとき、遣水の中から青白く細い手がのびてきた。女の手だ。香子の藤の唐衣をつかみ、その細さに見合わぬ力で彼女を強引に引き寄せる。香子はされるがままに前に倒れた。筆を落とし、顔がばしゃりと遣水の水につかる。

突然のことに驚いて、香子は反射的に水を呑《の》んでしまった。息ができず、苦しくてもがくが、青白い手はいっこうに香子を解放してくれない。むしろ、唐衣だけでなく髪の毛までもがっしりとつかんでいる。

香子も両手をばたつかせて必死に抵抗した。だが、彼女の手は何もつかめない。遣水の水位は足首がつかる程度しかないはずなのに、まるで深い川に頭から転落したかのようだ。

苦しい。このままだとおぼれ死ぬ。本当に死んでしまう。

恐怖と絶望で香子は目の前が真っ暗になった。その瞬間、息苦しさも消える。水の冷たさも感じなくなる。

虚無の状態に陥った香子の脳裏に、父親と同世代の男の顔がぼんやりと浮かんだ。あまりパッとしない容貌の男だったが、香子には懐かしすぎる相手だった。

死別した夫の宣孝《のぶたか》だ。

（あなた……。迎えに来てくれたの？）

それともこれは、死の間際に見る走馬燈《そうまとう》か。どちらにしろ、いよいよ自分は死ぬのだと香子は理解した。無念だった。

わが子は幼いし、物語もまだまだこの先が控えていたのに。みなに読んでもらいたかったのに。彰子が生む、帝の御子《みこ》の顔が見たかったのに。今年の桜だけでなく、もうすぐ咲く藤を、夏の百合《ゆり》を、秋の紅葉《こうよう》を、冬の雪景色を愛《め》でたかったのに。

まさか、こんな浅い遣水でおぼれ死ぬなんて……。

意識が遠のいていき、夫の顔すら見えなくなる。いよいよだと観念しかけたが——唐衣の後ろ衿《えり》をぐいとつかまれ、香子は勢いよく水から引きあげられた。

ざばりと水音が耳に大きく響いて、肺に一気に空気が流れこむ。香子はげほげほと激しく咳《せ》きこみながら地面に両手をついた。

目尻に涙と明るい陽光がにじむ。何事かと戦《おのの》く、ひとびとのざわめきが聞こえる。薄目にあけた視界のどこにも、あの青白い手は見えない。水面に見知らぬ女の影はなく、盃を載せた小舟が流れに沿って通り過ぎていっただけだった。

「大丈夫か」

聞きおぼえのある低い声が安否を問うてきた。一瞬、夫の宣孝かと思ったが、違った。髭《ひげ》を生やした強面《こわもて》の男、藤原保昌《ふじわらのやすまさ》だ。彼が香子を水から引きあげ、命を救ってくれたのだった。

「いきなり倒れ、遣水に顔をつけたまま、起きあがれなくなっていたのだ。あのままなら死んでいたぞ」

いいえ、正しくは「殺されていた」よ。

そう言いたかったのに、唇が震えて言葉にならない。誰もあの手を見なかったのかと訊《き》いてまわりたかったのに、もちろん、それもできない。

訊くまでもなかった。歌人たちはみな当惑顔だったが、それはいきなり香子が倒れ伏し、遣水に顔をつけたからであって、不気味な何かを目撃したわけではなかったのだ。香子を救ってくれた保昌にしても同様だった。

「貧血か何かだろう。装束も濡《ぬ》れたし、局《つぼね》で休まれたほうがいい」

保昌はそう言って、香子を助け起こした。

彼の言う通り、この状態ではとても宴を楽しめない。歌も詠めない。香子は保昌に支えてもらい、ふらふらと歩き出した。

ひとびとの視線が痛かった。和泉がじっとみつめているのも気づいてはいた。だが、香子はもう何も考えられず、髪から雫を垂らし、恐怖とみじめさとに震えつつ、その場から退いた。

保昌は藤壺《ふじつぼ》内の香子の局まで送ってくれた。

「誰かに着替えを持ってこさせよう。呼んでくるから、中で待っていなさい」

香子はかすれた声で、ありがとうございますとひと言、礼を言うのが精いっぱいだった。ひとり這うようにして局の中に進み、見慣れた書籍の山に囲まれて、大きく息をつく。

あれはなんだったのか。華やかな席に気後れしてしまい、貧血から幻を見たのか。それとも、本物の物の怪か……。

幻だと思いたかった。白い霊鬼の正体は暗部屋の女御で、壁代《かべしろ》を叩《たた》いたのは、おそらく香子のことをよく思わない同僚女房の誰かのいたずら。それですべてが穏便に片づくはずなのだから。

水を吸って重くなった唐衣を脱ぐと、少し気持ちが楽になった。大恥はかいたが、命が助かっただけでも喜ばなくてはと、自分に言い聞かせる。助けてくれた保昌にも改めて礼を言わなくてはと思う。

(見た目は怖いけれど、本当は優しいかたなのね。さすが和泉さん、見る目があるわ。夫の宣孝もそうだったけれど、やはり殿方を顔で判断してはいけなかったわね……)

このところ宮仕えにいそがしく、ややもすると亡夫を忘れがちだったことを深く反省し、香子はそっと手を合わせる。

ふと、その目が文机《ふづくえ》にとまった。卓上には『源氏物語』の書きかけの草稿が置かれている。その紙の山が、なぜかぐっしょりと濡れていた。水など、机まわりには一切、置いていないのに。

しかも、草稿の上に桜の花びらが二、三片、散っている。他の場所には一片も見当らず、風が外から運んできたとはどうしても考えられない。

怪異は続いていたのだ。そして、とうとう局の中にまで忍び寄ってきた。

ぶり返してきた恐怖に圧倒されて、香子はその場にくらくらと倒れこんでしまった。


もう駄目。絶対に無理。

霊が、鬼が、物の怪が出る御所で、執筆はおろか、これ以上、暮らしていけない。

そう痛感した香子は、すぐに宿下がりを願い出て、実家へと戻った。

曲水の宴で倒れたと聞き、心配してくれた知人たちの見舞いもすべて断った。家の者たちとも極力、顔は合わさないようにして自室にずっと閉じこもる。庭の桜を眺めるゆとりさえも皆無だ。もちろん、執筆などできるはずもなく、昼間でも夜具を頭からかぶって恐怖に震える。

娘にもしも霊の障りが及んだらと考えるのも怖く、「ごめんなさいね。お母さまの病気がちい姫にうつったら大変だから、こちらに来ては駄目よ」と言い含め、わが子さえも遠ざけた。枕もとには仏像を置き、念仏を唱えては涙を流す。気持ちはすっかりふさいで、食事もろくに喉を通らなかった。

あれはきっと、皇后定子の霊。

後宮《こうきゆう》で目撃された白い人影は、暗部屋の女御だった。しかし、十あると仮定した目撃譚のうち、ふたつくらいは本物の霊鬼だったのではあるまいか。局の壁代が乱打されたのも実は霊のしわざで、驚いて外に出た自分は、たまたま夢遊中の女御を目撃し、そちらと勝手に結びつけたのだと考えれば辻褄《つじつま》は合う。

霊が自分をおびやかすのは、『源氏物語』を使って帝の心を彰子に向けさせようとしたから。草稿が濡れていたのも、霊からの警告。これ以上、物語を書かせはしないわよ、そうでないと……と迫ってきたのだ。

これではもう何をする気にもなれないと、夜具の中でじっと固まる香子のもとに、家の女房がやって来た。

「御方さま、あの、ご友人だとおっしゃるかたが……」

部屋の入り口から、おそるおそる声をかける女房に、香子は褥の中から応える。

「誰だろうと会えないわ。こんな見苦しい姿をさらしたくないの。帰ってもらって」

ですが、と女房が言っている端から、だん、だん、だんと荒々しい足音が聞こえてきた。

まさかと驚き、香子は亀のように夜具から顔だけを出す。それとほぼ同時に、御簾がバッとめくりあげられる。

清少納言《せいしようなごん》来訪、であった。

青鈍色《あおにびいろ》の衣をまとった尼姿の少納言は、険しい目でギッと香子を睨《にら》みつけた。

「真っ昼間から何をだらだら寝ているのよ。辛気くさい」

いきなりの暴言に、彼女の取り次ぎをした女房も目を丸くする。香子はあわてて女房に言った。

「知り合いだから。大丈夫。下がっていいわ」

「は、はい。では」

女房は逃げるように去っていく。少納言は勝手に円座《わろうだ》を探してきて、香子の枕もとにそれを敷き、どかりと腰を下ろした。

香子はとりあえず半身を起こして袿《うちき》を一枚、肩に羽織った。乱れた髪は急いで手でなでつける。

「お見舞い……なのよね？」

とてもそんな雰囲気ではないが、いちおう訊いてみる。少納言はそれには応えず、

「話は和泉式部から聞いたわ。彼女が子細を記した文《ふみ》を送ってくれてね」

「和泉さんが？」

「彼女、わたしの正体に最初から気がついていたみたい」

「この傍若無人な女法師が、あの清少納言だと？」

「賢く、徳の高そうな尼君が、よ」

香子の発言を一部訂正してから、少納言は続けた。

「わたしたちが頼定さまと話した一部始終も、実は陰で聞いていたらしいわ。そのあたりの会話で察したようね」

そう言われてみれば、「あなたの定子さまは鬼になどなってはいなかった」等々、話した気がする。そんな言葉の端々を手がかりに、和泉は怪しい尼の正体にたどり着いたのだろう。恋愛遍歴の派手さから、まわりからは〈浮《う》かれ女《め》〉などと揶揄《やゆ》されている和泉だが、単に色好みなだけの人物ではなかったのだ。

「遣水の流れの中から女の手がのびて、あなたを水に引きこんだのを見たと、和泉さん

の文には書いてあったわ」

えっ、と香子は思わず声をあげた。

曲水の宴の席に、歌人のひとりとして和泉も参加していた。香子が遣水でおぼれかけたところも見ている。

水からのびた女の手に気づいた者は、香子以外、いなかったはずだった。いたら、もっと大騒ぎになっていただろう。

だが、実際は和泉にも見えていた。目撃した怪異について、彼女はあえて沈黙を守り、そのことを少納言にのみ文で伝えた。だから、こうして少納言が香子のもとに駆けつけてきたのだ。

「そう……。そうなのですよ。しかも、そのあと局に戻ったら、文机の上に置いていた物語の草稿がぐっしょりと濡れていて……。霊鬼が、本物の鬼が御所にいたのですわ。そして、わたしを殺そうと……！」

思い出しただけで全身に寒気が走る。香子は両手で自身をぎゅっと抱きしめた。

「あれは定子さまの霊。暗部屋の女御さまではなかったのです。物語を書くことで、主上と彰子さまの仲を取り持とうとしたわたしを憎んで……」

「それはあり得ないわ」

少納言はきっぱりと宣言した。

「何度でも、何百回でも言ってあげる。宮は、定子さまは鬼にはならない」

この期に及んでまだそれを言うのかと、香子は少納言が恨めしくなった。

「でも、現に」

「なるとしたら別のかたよ」

迷いのまったくない言いように香子は虚を衝《つ》かれ、目をしばたいた。

本物の霊はいる。そう認めたうえで、少納言は別の可能性を示唆したのだ。苦しまぎれの詭弁《きべん》ではないと、こちらにも思わせるほどの少納言の自信は、おびえていた香子をも揺り動かした。

「……では、どなただと」

「誰にだって可能性はあるわ。この都で恨みを呑んで死んでいったかたは、それこそ数え切れないほどいるものね。それに死霊《しりょう》だとは限らない。生きた人間だって、思い詰めれば魂を飛ばせるのだし。六条《ろくじょう》の御息所《みやすどころ》がそうだったじゃないの」

「生霊《いきりょう》……ですか」

「それもあり得ると言ったのよ。たとえば、弘徽殿《こきでん》の女御《にょうご》さま、こと藤原義子《よしこ》さま。越前《えちぜん》と名乗ったあなたの、仮の女主人ね。あのかたは主上より六つ年上で。定子さまも四つ年上ではあったけれど、義子さまとの場合、年の差だけではなく、相性そのものがあまりよろしくなかったみたいで、後宮内でもすっかり影の薄い存在になってしまわれた。

これぱっかりは、誰が悪いとも言えず、どうしようもないことなのだけれど、妃として寵愛《ちょうあい》の薄かった義子さまが、鬱々としたものをためこまれたとしても不思議ではないわ。懐妊されないことを、承香殿《しょうきょうでん》の女御さま付きの女童《めのわらわ》に笑われたりまでしたんですからね。けれども、その承香殿の女御さま、藤原元子《もとこ》さまにしても、懐妊は間違いだったと判明して深く傷つかれ、実家に籠もられてしまった……。それこそ、元子さまだって何をどう恨んだらいいのかもわからぬままに、世を呪う生霊になったとしてもおかしくはないのよ」

身分の上下にかかわらず誰しもが闇を抱えている。その具体例を、少納言はすらすらとあげていく。

「暗部屋の女御さまだって、夢遊のかたわら、しっかり生霊を飛ばしていたのかもしれないじゃない。もちろん、死霊の線も捨てがたいし、まったく無関係の物の怪が面白がって便乗したのかもしれない」

「そんなことを言われても……、どうしていいのか……」

誰も彼もが怪しく思えてきて、香子は余計に途方に暮れてしまった。それに対する少納言の回答は、

「だから、真実を確かめに行きましょう。それがわかれば対策を講じることも、きっとできるわ。そのために後宮に戻るのよ」

弱気になっていたいまの香子には、暴挙としか思えない提案で、とんでもないと彼女は大きくかぶりを振った。

「そんな、できませんわ」

「怖い？」

「当たり前じゃありませんか。殺されかけたのですよ」

思い出しただけで声が震え、涙が出そうになる。香子は顔を背けて目頭を押さえた。

少納言は眉根を寄せ、難しい顔になったが、容赦はしなかった。

「このままにしておいていいの？　怖くて震えるだけで何もしないわけ？　物語の続きはどうなるのよ」

「続きなんて、こんなふうではとても……」

「冗談じゃないわ。怪異におびえて書くのをやめるなんて、情けなさ過ぎるわよ」

ばんと両手で床を叩き、少納言は顔をぐいと香子に近づけた。

「書きなさい。待っているかたがたに見せてあげなさい。望まれているのだから。出来不出来は考えなくていいから、どんな形でもいいから、とにかくひたすら書きなさい」

「いやです、無理です」

なんてひどいひとだろう、どうしてこんなに冷酷になれるのと思いながら、香子は涙で濡れた目で少納言を睨み返した。

「なぜ、そこまでしなくてはならないのですか。こんなに怖い目に遭ったというのに」

あのときの恐怖は実際に体験した者にしか、わかるまい。そんなやりきれなさと怒りを抱えて、香子は訴えた。水面に映った女の影のことを、水中からのびてきた青白い手を、引きこまれた水の冷たさを、息苦しさを。

さすがに少納言も表情をこわばらせた。だが、それでも主張は変えない。

「ええ、死にかけたのよね。怖かったのよね。でも、あなたはまだ生きている。ならば、書かないと」

「まだ言う気？」

少納言の梃子《てこ》でも動かぬ頑固さに、香子は地団駄を踏みたくなった。童《わらわ》でもなし、そんな真似《まね》はできないわと思って必死にこらえるも、声は自然と大きくなる。

「だから、どうして、そうまでして」

少納言につかみかからんばかりにして、香子が言い放つ。そのとき、

「喧嘩《けんか》なの？」

部屋の入り口から幼い声がして、香子と少納言は同時に振り返った。

幼い少女――香子の娘のちい姫が、びっくりした顔で母親とその客人を凝視している。いつもは恥ずかしがって初対面の相手の前には絶対に出てこようとしないのに、母親が客と言い争っているのに気づき、好奇心が抑えられなかったようだ。

「大人でも喧嘩をするのね。いけないわ」

真面目《まじめ》くさった顔で娘に諭され、香子は脱力して苦笑し、首を横に振った。

「喧嘩ではないから大丈夫よ。さ、乳母《めのと》のところに行ってらっしゃい」

ちい姫は小さくうなずき、ぱたぱたと走り去っていく。

子の軽やかな足音が充分に遠のいてから、少納言が言った。

「あなたの子よね」

「ええ……」

「わたしにも子がいるわ」

視線を遠くに飛ばし、少納言は穏やかな口調で打ち明ける。

「別れた夫のもとで育っているから、なかなか逢《あ》えないけれど」

「そう……」

自分は夫と死別したけれど、ちい姫がいたから、物語があったから哀《かな》しみに耐えることができた。少納言は子と引き離されたから出家したのかもと考えると、彼女への怒りも香子の中で急速に勢いを失ってしまう。

「さっきの続きだけれど」

「まだやる気なの？」

なんてしつこいのかしらと、香子はあきれ返った。

「ええ。どうして、そうまでして書かなければいけないのかと、あなたは言ったわよね」

「言ったわ」

さあ来いと、香子が鼻息も荒く身構えたところに、少納言が告げる。

「理由なんて知らないわ。そもそも、その理由を探すために書くのではなくて？」

意外な言葉に出鼻をくじかれ、香子は少し考えてから、

「それってもしかして、書いていれば、書き続けていれば、いずれは書く理由や意義さえもみつけられるということ……？」

少納言は肩をすくめ、両手を広げた。

「そういうことなのかもね。――あら、『書く』を『生きる』に言い換えても意味は通じるじゃないの。生きていれば、生き続けていれば、いずれ生きる理由や意義さえもみつけられる。うん。わたし、ひょっとして、いいことを言ってる？」

本気で驚いている様子の少納言に、香子もますますあきれる。

「なによ、それ。お坊さまの説法でもあるまいし」

「いいえ、れっきとした出家の身なのよ。説法だって、ちゃんとできるわよ」

自慢げに言って、少納言はさらに付け加えた。

「それに、わたしだって読みたいのよ。あなたの書く『源氏物語』が」

なによ、それ、と香子はまた言おうとしたが、言葉にはならず、代わりに涙が出そうになった。こらえる香子に少納言が、

「いいわよ、思いきり泣きなさいよ。見ていてあげるから」

「またそんな」

偉そうに、と言いかけた香子の唇が震える。涙があふれてくる。

とうとう我慢できずに香子は泣いた。それこそ、わんわんと手放しで。涙の堰《せき》が決壊したのがちい姫が行ったあとでよかったと、心の底から安堵《あんど》しながら。

そんな香子を、少納言は本当に黙って眺めている。冷静なその態度も癇《かん》に障って、

「ちょっと、あなた、黙っていないで慰めなさいよ」

「はあ？　どうして、わたしが」

「あなたが泣かせたからに、決まっているでしょうが」

鼻を盛大にすすりあげながら、香子は少納言を怒鳴った。

「わたしが泣かせたことになるわけ？」

承服しかねると言いたげに、少納言は眉間に皺《しわ》を刻み、口を尖《とが》らせる。その顔がさらにまた、香子の癪《しやく》に障る。

「なんて、ひどいひと。そうよ、いつか言おうと思っていたけれど、あなた、わたしの夫の悪口まで『枕草子《まくらのそうし》』に書いていたわよね」

「はあ？　あれは別に、悪口でもなんでもなかったじゃない」

香子の夫、藤原宣孝の逸話が『枕草子』には記されている。御嶽《みたけ》精進のため吉野《よしの》の金峰山《きんぷせん》に詣でる際には、質素な身なりで行くのが通例だと考えられていたのに、宣孝はそれは妙だと主張して、息子とともにひどく派手な服装で詣でた。その後、特に仏罰がくだることもなく、それどころか宣孝は筑前守《ちくぜんのかみ》に抜擢《ばってき》されたという。

確かに悪口ではない。だが、

「夫がまるで、もののあわれを解さない、無粋な男みたいな書きかただったわよ。確かに、そうなのだけれど、わざわざ世間に広めることもなかったじゃないの。あなたって本当にひどいひと、ひどいひと」

処置なしとばかりに少納言はため息をついた。

「……いいわよ。好きに言ってなさいよ。その元気があるなら、また立ちあがっていけるから」

実際、少納言の言う通りだった。

数日後、気力体力を整えてから、香子は御所へと戻った。

藤壺に到着するのは夕刻にしておいて、彰子や倫子《ともこ》、赤染衛門への挨拶もそこそこに、自分の局へと籠もる。それは、少納言を誰にも見られないように引きこむためだった。

初回もそうだったが、二度目もなんの障害もなく、少納言を局まで侵入させることができた。御所の警固はいったいどうなっているのか、本当にこれでいいのかと、香子は頭を抱える。少納言はまるで気にせず、書籍の山から読みかけのものを引っぱり出しては、香子の膳をつまみ食いしつつ読みふけっている。

ひとの局を飲み放題、食べ放題の簡易書庫だと勘違いしているのだわと、香子はいらいらさせられた。だが一方で、これくらい大らかに構えていないと霊鬼とは対決できないのかもねと思い直し、ややもするとくじけそうになる自分を鼓舞する。

いまでも怖い。けれども、怪異を見過ごすこともできない。これ以上、執筆の邪魔をさせないためにも、霊鬼の正体をつきとめなくてはいけないのだ。

夜もふけ、やがてひとびとは寝入り、後宮は静寂に包まれた。

頃合いはよしと見て、香子は少納言とともにこっそりと局を出る。そんなふたりに、

「そろそろ行くのですね？」

そう声をかけてきたのは和泉式部だった。今回は、彼女も夜の探索に参加する。

藤壺に帰館した直後、香子は和泉のもとへ行き、曲水の宴でのことを少納言に伝えてくれた、その礼を述べた。用件はそれだけのつもりだったのに、そこから話は思わぬ方

向へと進み、和泉のほうから同行したいと申し出てきたのである。

「だって、わたくしは見てしまったのですもの。遣水の中から女のかたの手が出てきて、紫さんを水の中に引きこむところを。なのに、あの宴の席にいたかたがたは、どなたもそんな話をなさらない。見えていなかったのですわ。こんな奇妙な出来事を、そのままにしておけまして？」

と、意外に肝の太いところを披露する。

何しろ相手は霊鬼。ひとりでも味方が増えたほうが心強いには違いなかった。和泉には、少納言にも霊にもひるまない柔軟さがあって、いざとなれば藤原保昌のような力強い男性をも引っぱってこられるという利点がある。

「どう思いますか、少納言さん」

そう尋ねると、少納言もためらうことなく和泉の同行を了承してくれた。

かくして、紫式部、清少納言、和泉式部の三人が行動をともにすることとなった。彼女らが向かった先は、後宮内の殿舎のひとつ、登花殿《とうかでん》。そこはかつて、皇后定子が御座所としたところだった。

いまは特に誰かが常駐しているわけでもなく、殿舎内はがらんとしていた。探索するには楽だが、深夜というせいもあり、不気味さはいや増す。

が、そう感じているのは香子だけだったかもしれない。和泉はいつもと変わらず、たおやかに微笑《ほほえ》んでいるし、少納言にいたっては登花殿に入ってから、ずっとしゃべり倒していた。

「ああ、懐かしいわね。大内裏《だいだいり》のほうの職《しき》の御曹司《みぞうし》にいた頃はひとの出入りが多くて、見るもの聞くもの全部が物珍しく、それなりに楽しめたのだけれど、やはり、ここでときめいていた頃こそ格別だったのだわ。お父上の道隆《みちたか》さまが頻繁に顔を見せてくださって、兄君の伊周《これちか》さまはめざましいばかりの昇進を重ねられて。もちろん、主上も足繁《しげ》くお越しくださったわ。宮の妹君も、御匣殿《みくしげどの》（帝の衣服を裁縫する部署）の別当《べっとう》（長官）として宮中にいらしたから、毎日がもう楽しくて。本当になんの憂いもなかったのよ」

さらさらと青鈍色の裾を引きながら、少納言は在りし日の思い出を熱心に語る。香子もあえて止めようとはせず、尼姿の少納言に昔の女房姿の彼女を重ね、話に耳を傾けた。

（そうよね。いまは肩までしかない髪も、宮仕えのときはきっと床につくほど長かったはず。その黒髪を、後ろに引いた裳の上になびかせて、季節の花を模した色合いの十《じゅう》二単《にひとえ》をまとい、大ぶりな檜扇《ひおうぎ》をかざして。彼女の場合はそれだけじゃなくて、偉そうに漢籍からの引用を口にして、公達《きんだち》たちを煙《けむ》に巻いていたに違いないわ）

登花殿の隅々に、皇后付きの女房たちの華やかな笑い声が木霊《こだま》するかのようであったが——

現実にはしんと静まり返った、寂しい登花殿を歩いていると、どうしても香子の意識は、定子の栄華からその凋落《ちょうらく》へと移っていく。

父の急逝、兄の失脚、対抗勢力としての道長の躍進。母親もこの頃に病没している。数々の不幸が定子を追い詰めていき、三度目の出産で、子は無事であったものの彼女自身は命を落とした。そのいたわしさに胸がふさがれる。

（だから、生きているかたがたを恨むようになっても、何もおかしくないわよね……）

そこの柱の陰に、御簾のむこうに、美麗な几帳《きちょう》の裏側に、霊がひそんで、じっとこちらを見ているようにも思えてくる。懐に小さな仏像を、装束の衿の中に尊勝陀羅尼《そんしょうだらに》の御札を忍ばせてはいたが、それでも足りない気がして、ぞわぞわと香子は身震いした。

それに気づいた和泉が「怖いのですか？」と声をかけてきた。

「いえ、寒くて……」

はぐらかしたものの逆に訊いてみたくなり、「和泉さんは怖くないのですか？」と問うてみる。和泉は小首を傾《かし》げ、

「怖いのか、愛《いと》しいのか、もうわからなくなってしまいましたわ」

「愛しい……、霊が？」

ええ、と和泉はうなずいた。

「だって、あのかたがたも、わたしたちもみな同じですもの。冥《くら》きより生まれいでて、

冥き道へと入っていく。そう思えば、いたずらに怖がることもなくなりませんか?」

なんとも返答しがたく、香子も首をひねりながら、

(達観している……。ここで法華経《ほけきよう》を出してきますか……)

と、心の中でうなった。泥沼の愛憎劇を乗り越えて到達した彼女の境地に、自分はとてもたどり着けそうにないわとも思って、こめかみをそっと押さえる。たどり着きたいかと問われても、そうでもないとしか言いようがない。

「あら、こんな話をしていたせいかしら……」

和泉が、細長く続く、廂《ひさし》の間《ま》の隅に置かれた几帳に目をとめた。

几帳は、丸柱に渡した横木で丁字形の骨組みを作り、これに帷子《かたびら》を垂らした雅やかな屏障具《へいしようぐ》だ。目の前の几帳は帷子の裾が床に引くほど長く、絹地の帷子には朽木形《くちきがた》の文様が描かれていた。

几帳の帷子は縫い合わせる際、中ほどをそれぞれ少しずつあけて、わざと開き目を作っておく。これを〈几帳のほころび〉と称し、もっぱら垣間見《かいまみ》をするために用いられていた。

その几帳のほころびに、むこう側からすっと細い指が差しこまれた。

几帳の後ろに霊がいたらどうしようと香子も思わなくはなかった。だが、それはあくまでも想像で、自分たち以外の誰かが近くにいる気配などまったく感じていなかった彼

女は、ぞっと総身に鳥肌を立てた。

少納言も息を呑む。和泉は沈黙している。

几帳のむこうから出てきた指は、帷子を横へと広げる。大きく開いたほころびの間から、目をカッと見開いた女の顔が半分だけ覗く。

知らない女だった。けれども、香子は遣水の水面に浮かんだ人影をすぐに連想した。指の青白さも、水中からのびてきた手と共通している。

女はぎょろり、ぎょろりと、真っ黒な目を盛んに動かしていた。半開きになった唇はひどく乾いて、頬は指と同様に青白く、生気というものがまったく感じられない。まるで死体がそこにすわっているかのようで――そうでないというのなら、死霊としか思えない。

香子と少納言が緊張しているのに対し、和泉はいつもと変わらぬ口調で言った。

「かつて定子さまに女房としてお仕えしていた清少納言さん、『源氏物語』の作者の紫式部さん。おふたりがそろわれたとあっては、さすがに霊も見過ごせなくなって、浅ましい姿を現してしまったようですね」

挑発するような和泉の発言に、香子は愕然《がくぜん》とする。

「ちょ、ちょっと、和泉さん……」

がたんと大きな音とともに、几帳が前に倒れた。後ろにひそんでいた女の死霊が押し倒したのだ。

死霊はゆらりと立ちあがり、小袿をまとった全身をさらした。

若い。

定子の享年は二十五歳。目の前の女は小柄なせいか、それよりもっと若く、十代の後半くらいに見える。

本当に定子ではなかったのだ。では、いったい誰の霊鬼なのか。

答えを示してくれたのは少納言だった。固く厳しい口調で彼女は言う。

「やはり、あなただったのですね。御匣殿《みくしげどの》」

御匣殿別当。彼女は定子の同母妹だった。

定子亡きあと、御匣殿は姉が産んだ子らの養育を託される。また、面差しが定子と似ていたのであろう、彼女は帝の寵愛を得るようにもなった。

やがて、帝の子を懐妊。中関白家《なかのかんぱくけ》は、彼女が定子の後継となってくれるものと期待し、この懐妊を歓迎した。ところが、御匣殿は胎《はら》の子ともども亡くなってしまう。

これは定子が没した翌年のこと。本名も年齢も後世、正確には伝わっていないが、御匣殿は十七、八歳だったという。

世を恨むなら、呪うなら、定子ではなく妹の御匣殿のほうが、その条件を満たしていると言えよう。少なくとも、定子の子供たちは三人とも生きている。しかし、御匣殿は子といっしょに命を落とした。

帝に愛されはしたが、亡き姉の身代わりという自覚が彼女にはあったかもしれない。しかし、それでもいいと思うくらい、彼女自身も帝を深く愛したのなら、当然、彰子に嫉妬もするだろう。彰子を物語という形で賛美する香子を憎み、これ以上、執筆を続けるならば命を獲《と》るぞと警告したとしても不思議ではない。

「御匣殿、なんというお姿で……」

生前の彼女を知る少納言は、気丈に振る舞おうとするも、さすがに動揺を隠しきれない。

あの輝かしい定子の妹だ。少納言の記憶にある御匣殿と、目の前に立つ死霊とがどれほどかけ離れているかは、香子の想像にも難くない。

少納言は動揺をどうにか抑えて御匣殿に呼びかけた。

「あなたはそんなかたではなかったはず。どうか、思い出してください。生前のご自身を。明るく美しく清らかでいらした本当のあなたを。姉妹で楽しく笑い合っていらした、光に満ちた日々を」

次第に少納言の声も震え、目が潤んでくる。彼女の心には、季節ごとの華やかな場面が絵巻のごとく浮かんでいるに違いなかった。

「どうか思い出して。本来の御自分を取り戻して。あなたは、こんな冷たい闇に沈むようなかたでは、絶対になかったはずです……！」

必死の訴えも死霊の耳には届かないのか、御匣殿は無言で立ち尽くし、ぎりぎりと歯を噛《か》み鳴らしていた。黒い目に浮かぶ感情は負のものでしかなく、完全に闇に囚《とら》われてしまっている。少納言がどれほど訴えようと、かつての無垢《むく》な自身を彼女に思い出させることは不可能としか見えない。

なんて悲しいことだろうかと、香子も震えた。おそろしいことは、おそろしい。水に引きこまれた記憶もまだ生々しく残っている。それでも、若くして亡くなった御匣殿の無念を思うと、恨む気持ちにはなれない。

どうか鎮まって欲しい。そんな哀しい姿をさらさないで欲しい。暗い闇に頑《かたく》なにとどまらず、明るい浄土の光をめざしていって欲しい。

香子も少納言といっしょになって御匣殿にそう告げようとした。が、それより先に御匣殿が香子の前にまっすぐ走りこんできた。

青白く冷たい手がガッと香子の首をつかむ。そのまま、問答無用で絞めあげてくる。

「やめてください、御匣殿」

止めようとした少納言を、御匣殿は空いているほうの手で突き飛ばした。少納言は柱に背中をぶつけて倒れたが、彼女が介入してくれたおかげで、香子は御匣殿の手をふりほどくことができた。

咳きこみながら、よろよろと後退する香子の耳を、笑い声が打つ。何を思ってか、和泉が突如、高笑いを始めたのだ。

「なんて醜い お姿。あの皇后定子さまの妹君とはとても思えませんわ。嫉妬こそが女を醜くする最たる毒ですのに、その若さでは、そこまで頭がまわりませんでしたか。そうですか、そうですか。——知性は姉君に遠く及ばなかったようですわね」

御匣殿のみならず、少納言も香子も、和泉のこの発言には顔色を変えた。

恐怖のあまり、和泉がどうかなってしまったのかと香子は本気で案じ、しゃがれ声で問う。

「和泉さん、さっきから、あなた、どうしたのよ」

「だって、おいたわしさもここまで来ると滑稽で」

和泉はうふふと心からおかしそうに笑った。死霊を前に笑える和泉のほうが、香子には異様に感じられて、ぞぞぞっと鳥肌が立つ。

看過はとてもできなかったのだろう。御匣殿は標的を変更し、和泉めがけて飛びかかっていく。

「和泉さん!」

香子は悲鳴をあげた。死霊に和泉が殺されると思った。

だが、そうはならなかった。にわかに白いもやが和泉の前に立ちこめ、怒れる死霊を弾《はじ》き飛ばしたのだ。

御匣殿はぎゃっと叫んで床にごろごろと転がる。

和泉と死霊の間に割りこんできたもやは、ゆらゆらと揺らいで、おぼろげながらひとの姿を形作った。それも、ふたつ。

立烏帽子《たてえぼし》に直衣、見栄えのよい立ち姿の貴公子がふたり、和泉の前に出現したのだ。

和泉自身は、この怪異にも平然とした面持ちを保っている。

香子は腰を抜かして、その場に力なく両膝をついた。

「和泉さん、そのかたがたは、もしや……」

和泉式部の恋人、病没した為尊《ためたか》親王と敦道《あつみち》親王ではないのか。声にならなかった香子のその疑問に、和泉は静かに応えた。

「ええ。ご兄弟ともに離れてくださいませんの」

いつかの夜に香子が見た、和泉の背後に浮かんだもやは噂《うわさ》の霊鬼ではなく、彼女に執着する男たちの妄念だったのだ。

「怖がることはありませんわ。このかたがたは、わたくしに害が及びさえしなければ現れませんもの。だからこそ、御匣殿を挑発する必要があって……」

和泉の細眉が初めて苦しげに歪《ゆが》む。彼女とて、やりたくて御匣殿を愚弄したわけではなかったのだ。

御匣殿の霊は床にうつぶせに転がり、うう、ううとうめき声をあげている。どうしたらいいのか、やはり神仏にすがるしかないのかと思い、香子は身守りとして持参していた小さな仏像を懐から取り出そうとした。

が、そうする前に少納言が御匣殿に駆け寄り、死霊の背中に抱きついた。びくりと御匣殿が大きく身震いしたが、少納言も引かない。

「御匣殿、御匣殿」

より強く死霊を抱きしめて、少納言は訴えた。

「わたしは知っておりました。御匣殿が宮の生前から、主上をお慕いしておられましたことを。だからこそ、あなたは宮亡きあと、主上の愛を受け容《い》れて……。姉君の身代わりになったのではなく、心から主上を愛しておいでだったのですよね。主上もきっと、御匣殿の優しさを愛されたのですわ。あの聡明なかたが、誰かを身代わりにする空虚さを解さぬはずがないではありませんか。あなたは主上に愛されたのですよ」

涙が少納言の目からあふれ、頬を伝って、御匣殿の丸めた背中に落ちる。その温《ぬく》もりに気づいたかのように、死霊のうめき声が小さくなっていく。

少納言の訴えは続く。

「非情な死に引き裂かれて、苦しんだのは主上もいっしょです。その苦しみから逃れるために、別のかたの愛を求めるのも間違ってはいない。ひとの生き死には時の運なのです。死を、喪失を嘆くのも間違っていなければ、愛を求めるのも間違ってはいない。何もかもが間違いではないのです。だから、だから——苦しまないでください。何か間違いがあるのだとしたら、延々と苦しみ続けること。苦しむこと自体を目的としてしまい、自分自身を見失うことだけなのですから」

御匣殿は苦しみから抜け出せずに変容した。それがいかに無意味であるかを少納言は切々と説く。

ああ、と御匣殿が苦しげな声を洩《も》らした。ああ、ああ、と続く声はやがて力を失い、次第にか細くなっていく。それにつれ死霊の輪郭も薄らいで、まるで霞《かすみ》と化すかのように実体を失っていく。

ああ……と最後につぶやいたそのとき、御匣殿は顔を上げた。

黒い瞳はもはや負の感情に塗りつぶされてはいない。あふれる涙が、そこにあった恨みや妬みを押し出そうとしている。

ついにこぼれた涙が、青白い頬を細く流れていき、顎先から落ちるとともに、御匣殿は完全に消えた。

抱きしめる相手がいなくなってからも、少納言は床に両手をつき、唇を噛んで嗚咽《おえつ》をあげ続けた。

深夜の登花殿に、少納言のむせび泣きが響く。死霊の声はもう聞こえない。

痛ましさにとても言葉をかけられず、香子は和泉のほうに向き直った。彼女を守護していたふたりの親王は、すでに姿を消していた。もはや脅威は去ったのだと、わかりやすく証明するかのように。

「御匣殿が成仏されたから、親王さまたちは消えたのですか……？」

念のために香子が尋ねると、

「さあ、そこまではわかりませんけれど」

和泉は誰もいないはずの後方を振り返って言った。

「死霊が成仏されたとしたら、これからどうされますか、叔母上《おばうえ》？」

細長い廂の間の突き当たりで、かたんと物音がした。と同時に、その暗がりに隠れていた人物が身を起こす。

和泉式部の叔母でもある、赤染衛門だった。

想定外の人物の登場に、香子の頭は当惑でいっぱいになる。

「衛門さま？　どうして、ここに」

「あ、あなたたちこそ……」

衛門は辻褄の合った言い訳を探すかのように、激しく目を泳がせながら問うてきた。

「どうして、登花殿に？　その尼君はどなた？　あなたたち、こんなところで何をしているのですか」

先輩女房としての威厳でなんとか場を取り繕おうとするも、成功しているとは言いがたかった。衛門の顔色の悪さは御匣殿以上で、離れていても目に見えるほど肩先は震えている。

その衛門も、和泉が「叔母上。わたくし、見てしまったのですよ」と言うと、ぴたりと押し黙った。唇を真一文字に結んでしまった彼女に代わり、和泉が告げる。

「とある殿方から梅の枝をいただいて……。ああ言えばあきらめてくださると思っていたのに、さてどうしたものかと考えるあまり、寝つけなくなって。そんなときに気配を感じて、ふと外を見ましたら、叔母上がただならぬ様子で紫さんの局へと向かっているところでした。――霊のしわざと見せかけ、紫さんの局の壁代を打ち鳴らしたのは、叔母上でしたわよね？」


翌日もきれいに空は晴れ渡っていた。

御所の桜はほぼ散ってしまったが、花が落ちた枝に芽吹き始めた緑の若葉が、春の陽射しに明るい色を添えていた。陽当たりのいい場所では、気の早い躑躅の花がその蕾《つぼみ》を膨らませ始めている。

朝夕はまだ冷えるものの昼はだいぶ温かく、心地よさに眠気も誘われる。午後の進講

を受けていた彰子もあくびをしそうになり、そっと袖で隠したものの、講師の香子に気づかれたと悟ったのだろう、

「ごめんなさいね。この陽気だからかしら、いくら眠っても眠り足りなくて……」

注意される前に謝られて、香子も厳しいことは言えなくなる。そうでなくても、こんなに愛らしいかたをどうして叱れようかと、香子は目を細めた。

「『春眠暁《あかつき》を覚えず、処処啼鳥《しよしよていちよう》を聞く』……。お疲れなのでしょう。今日はもうこれくらいにいたしましょうか」

書籍を閉じ、文机の上を片づけようとすると、彰子が無邪気に尋ねてきた。

「ところで、物語の執筆のほうは進んでいて？」

よく訊かれる質問、もはや挨拶のようなものだった。香子もにっこりと微笑んで応える。

「少々、滞っておりましたが、もう大丈夫だと思いますわ」

「そうなの？」

「ええ。もう、なんの障りもなくなりましたから。後宮を騒がせていた皇后定子さまの霊鬼は本当はいなかった……」

いたのは御匣殿別当の霊だったのだが、香子はそれには触れない。いま大事なのは、そこではないからだ。

独り言めいた香子の発言に、彰子は怪訝《けげん》そうに眉をひそめた。

「その噂なら知っていたわ。でも……定子さまではなかったの？」

はい、と香子は応えた。

「衛門さまが何もかも話してくださいましたわ。すべては彰子さまのご指示だったと」

彰子は表情を消し、香子をじっとみつめる。

沈黙は長く続いた。香子は彰子が何かを言ってくれるのを待つ心積もりだった。しかし、彼女のほうが先に耐えきれなくなり、口を開く。

「白い人影の正体は、憂いをためこまれ、眠ったまま夜の後宮を歩かれていた暗部屋の女御さまでした。それを定子さまの霊鬼だとしたのは、偶然、見てしまった側の勝手な憶測で。衛門さまはそんなことはないと女房たちを厳しく叱ることで、逆に噂を助長させました。そればかりか、『源氏物語』の執筆を妨害するために、霊鬼のしわざのふりをしてわたしの局の壁代を揺らしたのです」

「そうだったの？」

まったく驚いていない平板な口調で言い、彰子は二、三度、瞬《まばた》きをした。香子は落ち着いた体《てい》でうなずく。

「ええ。衛門さまが自ら告白してくださいました。壁代を叩くところを姪《めい》の和泉式部さんに見られていたものですから、言い逃れができなくなって」

「そう……。それで、衛門を責めたの？」

「いいえ」

なぜ、とは問うた。しかし、責めてはいなかったと思う。

ただただ衝撃だった。信頼していた衛門が、真面目すぎるくらい真面目な衛門がなぜ、そんなことをしたのかと、純粋に疑問だった。

理由を、衛門は涙ながらに打ち明けてくれた。

「定子さまのことを主上に思い出させ、彰子さまに向かいかけていた関心をそらさせる……。そのためには霊鬼の噂は好都合だった。『源氏物語』は邪魔だった。だから、執筆を邪魔したのだと衛門さまはおっしゃいましたわ。それはもう、心苦しそうに」

衛門は創作の相談にも喜んで乗ってくれた。あれまでもが嘘《うそ》だったとは、どうしても思えない。忠義に厚い衛門は、物語と君命との板挟みとなり、泣く泣く後者を選び取ったのだ。

香子のその考えを裏付けるように、彰子も言った。

「衛門は物語の続きをとても読みたがっていたから、執筆の邪魔をするのはさぞ苦しかったでしょう。わたしもそうよ。物語は読みたかった。本当に楽しみにしていたわ。でも……」

彰子の表情に、鈍い苦痛の気配がよぎった。広袖の先から少しだけ覗いた手が、ぐっと握りしめられる。

「主上が『源氏物語』の話をしたいからと、わたしに逢いたがるのが苦しかった。畏れ多かった」

「畏れ多いだなんて……」

「だって、すでに一《いち》の宮《みや》さまがいらっしゃるのだもの。わたしが皇子《みこ》を産む必要はないのではなくて?」

やっと、わずかながらに彰子は感情を表してきた。ずっと秘めていた彼女自身の本音を。いったん始まると、堰を切ったように言葉があふれてくる。

「わたしが後見役となって一の宮さまを支えるわ。主上と定子さまの御子を。それでなんの不都合があるというの。伊周さまの復権が心配? そんなもの、父上がいつもの策を講じれば、充分抑えられるはずじゃないの」

「ええ、ええ、そうですわね」

いつもの策という言いかたは気になったが、香子は彰子の気持ちを逆なでしないように注意しながら同調した。

「道長さまなら伊周さまを抑えられるでしょう。ですが、道隆さまが急逝されて中関白家が失墜したように、何が起こるかわからないのがひとの世です。不安の種はできるだけ取りのぞいておきたいと、道長さまは親として娘の彰子さまの行く末を案じられたのです。彰子さまが皇子を産みまいらせ、国母《こくも》となって盤石の地位を築かれることをこそ望まれて……」

彰子は聞きたくないと言わんばかりに、頭を大きく左右に振った。

「父上自身が摂政、関白となって盤石の地位を築くことをこそ、望んでおられるのよ」

それは否定できない。しかし、道長と彰子は切っても切り離せない立場にある。

道長も、何も私利私欲のためだけで動いているわけではあるまい。そうしないと、妻や子ら、彼に仕える者たちすべての生活を守れなくなるからだ。少なくとも、香子はそう信じたかった。

彰子もきっと理解はしている。ただ、承服しかねる何かが、心のどこかに棘《とげ》として刺さっているのだ。

「……わたしが入内《じゅだい》してきた頃、後宮には定子さまがいらっしゃった。あのかたは明るく美しく、機知に富んで、まさに理想の貴婦人で、何もできずにいるわたしとは全然、本当に全然、違っていらして」

十二歳の彰子には、当時二十四歳の定子はさぞや、まぶしかっただろう。だからといって、

「比べるようなことではないと思いますよ。彰子さまこそ賢く美しく……」

彰子はさらに激しく頭を振って、香子の弁をさえぎった。

「わたしのことなど、どうでもいいの。わたしは、定子さまと主上のお姿を御簾の内か

ら眺めているだけで、胸がいっぱいだったわ。まるで絵巻物の中の世界をまのあたりにしているようで。あのおふたりのまわりには、本当に金銀砂子《すなご》をちりばめた紫雲《しうん》がたなびいていたのよ。本当なのよ」

幼い彰子の目には確かにそう映じたのだろう。

絵巻物の中に登場する、相思相愛の貴公子と姫として。完璧なる憧憬の対象として。

二十歳の帝と二十四歳の皇后は、まさに理想の男びな女《め》びなであったのだ。

「あの美しい世界をどうしてわたしが壊さなくてはならないの？　壊したくないのに。定子さまの忘れ形見は、わたしがしっかりとお育てするわ。それでいいじゃないの。だから、わたしは皇子を産まない。産みたくない。いらないわ、子供なんて」

彰子は声を張りあげ、文机の上にあった書籍をはたき落とした。興奮するあまり息は荒くなり、目には涙があふれてくる。

道長や倫子がいまの彰子の発言を聞いたなら、とんでもないと大あわてしただろう。入内した姫が帝を拒むなど、あってはならない事態だ。しかし、香子はただ静かに尋ねた。

「愛するかたの御子でも、ですか？」

彰子は勢いよく振り向き、涙に濡れた目で香子を睨みつけた。その燃えるようなまなざしにもひるまず、香子は言う。

「主上を愛していらっしゃるのでしょう？　主上のことをお話しするとき、彰子さまは本当にお幸せそうですもの」

「でも、主上は……」

「定子さまを愛していらっしゃる。でも、彰子さまのことも大切に想《おも》われておいでですわ。間違いありませんとも」

確信をこめて香子は告げる。帝と彰子が語らっている姿を見て、本当にそう感じたのだ。嘘ではない。

最愛のひとを失った喪失感を、帝はいまも抱えているかもしれない。けれども、目の前にいて、いまを生きている彰子にも愛情をいだいている。このふたつは矛盾しないはずだと、そう判じた自分自身を香子は信じることにした。だからこそ、忖度《そんたく》なく彰子にも言える。

「愛されること、愛することをおそれる必要など、どこにもないのです。後ろめたく感じることだって、もちろん、いりません。なぜなら、何ひとつ間違ってはいないからです。ひとを恋うることはもちろん、嘆くことも恨むことも、何ひとつ間違ってはいないのです」

これは清少納言が御匣殿の霊に伝えたかったこと。それを意識しつつ、香子も彰子に語りかける。

「そんなことを言われても……」

にわかには受け容れがたかったのだろう、彰子はぼろぼろと大粒の涙をこぼした。信じたいけれど信じられない、愛されなくてもいいと思いつつ求めてしまう、そんなふたつの感情に引き裂かれて苦しむ彰子に、香子の心も揺れる。

と同時に、顔をぐしゃぐしゃにして手放しに泣く彼女の姿が、香子の目に譬《たと》えようもなく愛らしく映った。

（喜怒哀楽をはっきり出されると、道長さまにますます似て……）

香子の胸の奥底に、小さな痛みが生じる。過去を思い出させる痛みだった。

二十年前、不思議と憎めなかった愛嬌《あいきょう》のある貴公子から文を託され、それを倫子に届けた結果、ふたりがめでたく結婚したときのこと。香子は喜ぶ反面、胸が痛んで、夜具の中でこっそり泣いてしまった。

恋ではなかったと思う。香子は純粋に道長を応援していた。だからこそ、『将を射んと欲すれば先《ま》ず馬を射よ』とばかりに、倫子の母の穆子《あつこ》を相手に、とにかく道長を推しまくったのだ。

その甲斐あって道長が倫子と結婚できたとき、香子は本気で喜んだ。なのに、ひとりになったとき、泣いてしまったのはなぜだったのだろう。彼女自身にも、その説明はできない。

ただ——初めて面と向かって話した家族以外の異性を、知らず知らずのうちに理想の貴公子として頭の中で作り替えてしまった可能性はあった。

もしかしたら、それが光源氏《ひかるげんじ》の原型となったのかもしれない。そんなことは、道長本人には絶対に教えられないが。むしろ、道長のほうから「もしかして、光源氏はわたしを元にして書いたのかな？」などと言い出してくるやもしれず、そうされたなら檜扇で殴ってやらずばなるまい。

いまとなっては、あのときの幼い涙もひたすら懐かしくて、いとおしい。彰子がいとおしいのと同様に。

だから、彼女には苦しんで欲しくない。愛するひとに愛されて陽光の中で笑っていて欲しい。新しい命がそこに生じたのなら、おそれずに抱きしめてあげて欲しい。

「大丈夫です。怖がらないで。何も間違ってはいませんから。それでも、間違いそうだと感じたのなら、そのときにまた考えましょう。考えて考えて、御自分を含めた誰しもが、苦しまずに済む道を探してまいりましょう。ですから——」

だから、怖がらないで。

重ねてそう念じながら、香子は彰子の手を握りしめた。

彰子は何も言わずに泣きながら、それでも香子の手を拒もうとはしなかった。

それから、数カ月後。

思っていた以上に時間はかかったが、『源氏物語』の続きをやっと書き終えて、香子は写しを抱えて清少納言の邸《やしき》を訪問した。

「ようやくできたのね」

少納言は舌なめずりをする悪い狼《おおかみ》のごとく、喜色満面で香子を迎えてくれた。

そういう顔をされると、香子も多少は気持ちがひるむ。いやいや、ここで負けてはいけないと、香子は自分を奮い立たせるために、反撃の材料を求めて周囲を見廻《みまわ》した。目にとまったのは荒れ放題の庭だった。

「あいかわらず、貧相な庭よね。梅しかないものだから早春以外の季節が寂しすぎるわ。いっそ、藤を植えなさいよ、藤を」

「いまから藤を？」

「いまから植えておけば、来年には花を咲かせてくれるのではなくて？」

来年には、彰子と帝の子もすでに生まれているはず。宮廷の医師がそう判じたのだから間違いあるまい。愛娘《まなむすめ》の待望の懐妊に、道長も倫子も大喜びだ。

果たして、誕生するのは皇子か、皇女《ひめみこ》か。前者の場合、一の宮はどうなるのか。

おそらく、一の宮が東宮《とうぐう》に立つ未来は消滅するだろう。とはいえ、親王としての暮らしは保証されるはずだ。倫子と彰子が育てたのだ、道長とて彼を無下にできるはずがない。

「そういえば、和泉さん、藤原保昌どのと付き合い始めたらしいわよ」

香子が言うと、少納言は「へ？」と妙な顔をした。

「誰よ、保昌どのって」

「ほら、御所の中を探索した最初の晩に、呼び止められたじゃないの」

「ああ、あの髭づら。でも、和泉さんに憑《つ》いている親王さまたちは大丈夫なわけ？」

「大丈夫なのじゃなくて？　親王さまたちが許したのか、保昌どのが死霊を気にしていないのか、どちらなのかは知らないけれど」

「そこ、ちゃんと訊いておきなさいよ」

「はいはい」

命は、万物は流転していく。

そこに痛みや苦しみ、嘆きは当然、あるだろう。だが、喜びも当然あるはずで。生きている限りは、どちらもしっかりと受け取らなくては。貪欲に。おそれずに。

香子はそう思いながら、持参してきた『源氏物語』の続きをずいっと少納言の前に押し出した。

「さあ、読んで。感想を聞かせてちょうだいね」

あとがき

あれはなんだったか、資料を読んでいて、「あまたをかしき絵ども多く」とあった文章を、「頭おかしき絵……？」と誤読し、かなり混乱してしまった。正確には「見どころの多い絵がたくさん」という意味らしい。

それはともかく。

紫式部《むらさきしきぶ》と清少納言《せいしようなごん》が直接対決をすると、どうなるのか。

そんな事案に畏れ多くも手をつけてしまった。こんな話を書いてもいいのだろうかとためらう気持ちもなくはなかったが、ああじゃなかろうか、こうじゃなかろうかと想像を膨らませるのは楽しかったし、実際に書き始めてみると彼女たちは結構、元気に動きまわってくれた。

これはあくまでも手前勝手な持論なのだが、お堅い優等生のイメージが強い紫式部を大怪獣で譬《たと》えると、戦闘力があまり高そうには見えない巨大蛾《が》のモスラになるのではあるまいか。

そして、『枕草子《まくらのそうし》』で明るく活発な印象の強い清少納言は、知名度やパワーにおいて天下一品、破壊神《はかいしん》たるあのゴジラで。

　さらに言うなら、派手な恋愛遍歴を重ねる魔性の女・和泉《いずみ》式部は、三つの首と黄金に輝く翼を持ち、驚異の強さを見せつける宇宙怪獣キングギドラこそ、ふさわしい（和泉式部の出仕時期はもう少しあとなのではとか、史実とのズレもあるにはあるが、そこはどうか、お目こぼし願いたい）。

　何を言っているのか、さっぱりわからないと思われるかもしれない。とはいえ、ひとたび、そう定義づけると、遠い平安時代の宮廷女房たちがわたしの中でもぐっと身近な存在となった。

　この三体の怪獣たちが登場するのは、東宝《とうほう》の怪獣映画『三大怪獣　地球最大の決戦』（一九六四）である。子供のときに映画館で観《み》たような記憶が……。いや、でも、あれは『ゴジラ対ヘドラ』（一九七一）のほうで、『三大怪獣』はテレビだったのかな？

　映画のタイトルにもなっている〈三大怪獣〉、わたしはてっきり、「ゴジラ・モスラ・キングギドラ」を指すものだと長いこと思いこんでいた。ところが違ったのだ。本当は「ゴジラ・モスラ・ラドン」であり、三大怪獣VS.キングギドラという図式だったのである。

　ラドンはプテラノドンによく似た、空飛ぶ怪獣だ。映画内で、ラドンが阿蘇山《あそさん》の火口から現れたときには、なんというかもう理屈抜きで九州人の心にぐっと来てしまった。

以来、わたしはラドンが好きだ。ラドン、かわいいよ、ラドン。

そんなラドンは紫式部の上司、とっても真面目《まじめ》な赤染衛門《あかぞめえもん》だろうなと、これまた勝手に想定させてもらった。

こういう経緯があって、『紫式部と清少納言』という至極まっとうなタイトルに『二大女房大決戦』という怪しげな副題がついてしまったのである。困ったことに、わたしはふざけているのではない。真剣だ。馬鹿は力いっぱいやってこそだと信じているだけなのだ。

本当は『紫式部と清少納言と和泉式部　三大女房大決戦』だろうけれども、ちょっと盛りすぎ感があるし、まあ、変に欲張る必要もないかと判断させてもらった。そもそも、和泉式部が異次元レベルの宇宙怪獣キングギドラならば、三大怪獣には含まれないわけだし。異次元すぎて、本来モスラに付くべき双子の小美人が、キングギドラのほうにくっついているのは、いかがなものかとさえ思う。

ついでに言うと、和泉式部に関しては『和泉式部日記』をぜひ、お勧めしたい。これさえ読めば、「うん……。これはもてるわ……」と実感できる。

基本、彼女は拒まない。自慢しない。執着しない。でも、ちゃんと悩んでいるし、困っている。困っているのに受け容《い》れてしまう。資料として『和泉式部日記』を読みながら、何度、「和泉、そっちに行くなー!」と叫び、何度、「……和泉、そういうとこやぞ」とつぶやいただろうか。

堅苦しいと思われがちな古典の世界だが、なんのなんの、楽しみようはいくらでもあるのだ。

というわけで、あかゐいとさんの雅《みやび》で華やかなカバーイラストに惹《ひ》かれて、この本を手に取ってくださった、そこのあなた。そうです、あなたです。これをきっかけに、どうぞどうぞ、本作をお読みいただいて、さらに古典文学への関心を持ってくださると嬉《うれ》しいなぁと、切に願うのでありました。

令和五年十一月

瀬川貴次

解説

瀬川ことび

さすがにこのふたりの名は誰しもが知っているだろう。どちらも千年昔の平安時代に、紫《むらさき》式部《しきぶ》と清少納言《せいしょうなごん》。

宮廷女房として活躍した才女である。

紫式部は一条《いちじょう》天皇（作中では今上帝《きんじょうてい》と称されている）の妃《きさき》・中宮彰子《ちゅうぐうしょうし》に仕えて、光源氏《ひかるげんじ》を主人公とする『源氏物語』を執筆した。清少納言は、同じく一条天皇の妃・皇后定子《ていし》に仕えて、その日々の様子を『枕草子《まくらのそうし》』に記した。

似たような立場のふたりだが、史実において彼女たちが宮中でバッティングしたことはない。清少納言は定子が二十五歳の若さで他界したために御所を離れ、それから何年も経《た》ったのちに紫式部の宮仕えが始まるのである。

とはいえ、何かと比較されがちな彼女たち。もしもこのふたりが相まみえたら、どんな鍔迫《つばぜ》り合《あ》いが始まるのか。それを体現してくれたのが、本作『紫式部と清少納言　二大女房大決戦』だ。

紫式部の『源氏物語』がいつ、どのようにして成立していったかは諸説あって、はっきりしない。

本作では、朧月夜《おぼろづきよ》が登場する〈花宴《はなのえん》〉の巻まで書かれ、世間に広く知れ渡っているものの、その先はぱったり途絶えてしまっていて、ということになっている。

そんな中、ときの実力者・藤原道長《ふじわらのみちなが》は、美しく成長した娘・彰子に帝《みかど》の関心を向けさせるため、そのきっかけにすべく『源氏物語』の続きを書くよう、紫式部に圧力をかけてくる。

「いま、彰子のもとに来ていただければ、彰子に仕える紫式部の書いた『源氏物語』の続きがすぐ読めますよ」

という作戦だ。さあ、このむちゃぶりに紫式部はどう対応するのか。そして、清少納言はどう関わってくるのか。

一方、その頃、後宮《こうきゅう》では、皇后定子の霊鬼が徘徊《はいかい》するという噂《うわさ》が流れて――と、史実と虚構と怪異とがからみ合い、ストーリーは展開していく。

紫式部は生没年不詳で、本名すら後世には伝わっていない。清少納言もそれは同様で、彼女に至っては晩年、落ちぶれたという伝説まで生まれている。本作中の、駿馬《しゅんめ》の骨にまつわるエピソードがまさにそれだ。

落ちぶれていようとも、清少納言は在りし日の活力を失ってはいない。内省的な紫式部も、清少納言に負けてなるものかと奮戦する。それぞれの女主人の代理戦争という側面もあるだろうし、同じ文筆家としてのプライドもかかっている。

さらには赤染衛門《あかぞめえもん》、和泉《いずみ》式部といった、平安の有名女流歌人が続々、登場してくる。赤染衛門と和泉式部は紫式部の同僚で、ともに中宮彰子に仕えていた。これも史実の通り。彰子のまわりにこれだけ名だたる歌人がそろっていたのも、道長が娘の御座所《ござしょ》がよりいっそう華やぐことを願っていたからだ。そこには親心のみならず、冷徹な政治家としての思惑が働いている。

娘を帝の妃とし、生まれた皇子《みこ》が次の帝になれば、自身は新帝の外祖父ということになり、朝廷を牛耳ることができる。いわゆる摂関政治というやりかたで、藤原氏は権力を掌握してきた。気づけばまわりは藤原氏だらけで、そうなると今度は兄弟、叔父《おじ》と甥《おい》、いとこ同士での権力闘争が始まる。

王朝文化が花開いた平安時代。色鮮やかな十二単《じゅうにひとえ》や雅《みやび》やかな歌会などが連想されるだろうが、光あるところに必ず影が生じるように、政治上の争いごとから、妬み恨みによって引き起こされる呪詛《じゅそ》など、ほの暗い出来事も多い。それがまたこの時代の多層的な魅力を生み出している。

なんの憂いもないように見える高位の貴族たちにも、悩みや苦しみはついてまわり、まさに誰が生霊《いきりょう》、死霊《しりょう》になってもおかしくない状況だった。

たとえば、晩年の道長をさんざん苦しめた死霊がいる。悪霊左府《あくりょうさふ》（左府は左大臣の意）と呼ばれた藤原顕光《あきみつ》だ。

彼は道長よりも二十二歳年長のいとこ。一条帝の妃のひとり、承香殿《しょうきょうでん》の女御《にょうご》・藤原元子《げんし》の父親でもあった。元子については本作でも言及されている通り、帝の子を身ごもったとされたのに、産み月になっても子は産まれてこず、ただ水が流れるばかりだったという、悲痛な体験をした女性だ。

期待をこめて帝のもとに入内《じゅだい》させた元子がこのような事態となったため、顕光はもうひとりの娘、延子《えんし》を東宮《とうぐう》（のちの三条天皇《さんじょう》）の第一皇子・敦明《あつあきら》親王の妃とする。こちらは三人の子に恵まれている。

順調にいけば、延子の夫が次の東宮、ひいては帝となり、ふたりの間に生まれた子がいずれは帝位に就いていただろう。顕光はやっと念願叶《かな》い、帝の外祖父となれるはずであった。が――

延子の夫の敦明親王は、道長と取引をして自ら東宮位を辞退。そればかりか、道長の娘を妻に迎えて、延子をまったく顧みなくなる。彼なりに計算し、帝位にこだわるよりも、道長の庇護《ひご》を得るほうを選んだのだ。

夫に捨てられた延子は悲しみに暮れ、数年後に病死。顕光もその後に七十八歳で病没する。このあと、道長の娘たちが三人、相次いで亡くなったのは、顕光つまり悪霊左府のしわざだと、ひとびとは噂したという。

本作の時点ではこの顕光は存命中であり、死霊にはなれない。延子も九歳年下、十三歳の若い夫と結婚したばかり（年齢差を考えると添《そ》い臥《ぶ》しの姫だったのかもしれない）で、まさか、将来、自分と子らが捨てられるようになるとは夢にも思っていまい。むしろ、輝かしい未来を夢想していたはずだ。

いつ、誰がどうなるかは、まったく読めない。

こうしてみると、倫子《りんし》の母の穆子《ぼくし》が作中で、

「いま無理をして、八歳の帝のもとに二十四歳の姫を入内させたところで、うまくいくはずがないのはおわかりでしょうに。やがては歳《とし》まわりの近い別の妃に御寵愛《ごちょうあい》が移るは必定」

と主張したのは、けして間違いではなかったのだ。

もうひとり、村上《むらかみ》源氏の源頼定《みなもとのよりさだ》について述べておこう。

頼定が東宮妃と密通し、彼女を孕《はら》ませた件は本作でも言及されているが、実はそれよりも有名なエピソードがある。もっとのちの時間軸の出来事なのでと作中では割愛されているが、頼定は一条天皇が没したのち、未亡人となった元子のもとに通っていたのである。

しかも、この関係が知れ渡ったのは、ふたりがいる現場に元子の父の顕光が踏みこん

だためだった。これなどまさに、光源氏が朧月夜とともにいる閨《ねや》に、朧月夜の父の右大臣が踏みこみ、ふたりの関係が露見するくだりとそっくりである。

激怒する父を振り切って、元子は愛《いと》しい頼定のもとに走り、彼との間にふたりの娘を儲《もう》ける。元子にしてみれば、過去の屈辱をこれで払拭できたことになろうか。

頼定のすごいところは、元子とのことが公になったあとも、彼女より身分の低い正妻との関係を維持し続けたことだろう。捨ておかれた東宮妃や帝の未亡人など、傷ついた高貴な女人がお好みで、なおかつ、一度契った女人は見捨てない。そんな光源氏のような人物が、この時代には本当にいたのである。

元子の父の顕光はきっと、「帝にさしあげた娘が寡婦になったばかりか、別の男の妾《めかけ》になってしまった」と嘆いたに違いない。そのうえで、もうひとりの娘の延子も、やがて悲惨な事態を迎える。死して悪霊にもなろうというものである。

雅なだけでは片づけられない。だからこそ、なかなかに味わい深い時代だと思うのだが、いかがだろうか。

最後に。

本作で、清少納言がわざと年寄りくさく「ありがとぅごぜぇます。納言と申しぁす。かわいがってやってつかぁさい」と言う場面があるが、あれの元ネタは、横溝正史《よこみぞせいし》の『悪魔の手毬唄《てまりうた》』老女おりんの初登場シーンの台詞《せりふ》、「おりんでござりやす。お庄屋《しょうや》さんのところへもどってまいりました。なにぶんかわいがってやってつかあさい」であろうと記しておく。

パロディは「元ネタを知っていれば楽しく、知らずとも特に問題のないもの」であるべきだと、わたしは常々思っている。なので、これはいらない情報かもしれないが、あえて記しておこう。あえて。

他にも何か言うことはないのかと？　そんな無粋な。カバー袖の著者プロフィールを見ていただければ、それで充分だろうに。

というわけで、わたしはそろそろ忍者のごとくに両手で印を結び、ドロンさせていただくとしよう。

（せがわ・ことび　作家）

本書は、集英社文庫のために書き下ろされた作品です。

本文デザイン／テラエンジン
本文イラスト／あかゐいと

集英社文庫

紫式部《むらさきしきぶ》と清少納言《せいしょうなごん》　二大女房大決戦《にだいにょうぼうだいけっせん》

2024年1月25日　第1刷
2024年3月17日　第2刷

定価はカバーに表示してあります。

著　者　瀬川貴次《せがわたかつぐ》

発行者　樋口尚也

発行所　株式会社　集英社
東京都千代田区一ツ橋2-5-10　〒101-8050
電話　【編集部】03-3230-6095
【読者係】03-3230-6080
【販売部】03-3230-6393（書店専用）

印　刷　TOPPAN株式会社

製　本　加藤製本株式会社

フォーマットデザイン　アリヤマデザインストア　　マークデザイン　居山浩二

ISBN978-4-08-744608-1 C0193